魔法师

THE ENCHANTER Vladimir Nabokov

弗拉基米尔·纳博科夫

金绍禹——译

上海译文出版社

Vladimir Nabokov
THE ENCHANTER

Copyright © 1986, Dmitri Nabokov
All rights reserved

图字：09-2005-111号

图书在版编目（CIP）数据

魔法师：新版/（美）弗拉基米尔·纳博科夫（Vladimir Nabokov）著；金绍禹译.—上海：上海译文出版社，2021.6
（纳博科夫精选集.Ⅲ）
书名原文：The Enchanter
ISBN 978-7-5327-8756-2

Ⅰ.①魔… Ⅱ.①弗…②金… Ⅲ.①长篇小说－美国－现代 Ⅳ.①I712.45

中国版本图书馆CIP数据核字（2021）第278607号

魔法师
The Enchanter

Vladimir Nabokov
弗拉基米尔·纳博科夫 著
金绍禹 译

出版统筹 赵武平
责任编辑 陈飞雪
装帧设计 山 川

上海译文出版社有限公司出版、发行
网址：www.yiwen.com.cn
201101 上海市闵行区号景路159弄B座
江阴市机关印刷服务有限公司印刷

开本787×1092 1/32 印张4.25 插页5 字数55,000
2022年3月第1版 2022年3月第1次印刷

ISBN 978-7-5327-8756-2/I·5402
定价：59.00元

本书中文简体字专有出版权归本社独家所有，非经本社同意不得转载、摘编或复制
如有质量问题，请与承印厂质量科联系。T: 0510-86688678

献给薇拉

目录

作者按语一

i

作者按语二

v

英译者按语

vii

魔法师

1

关于一本题名《魔法师》的书

德米特里·纳博科夫

89

作者按语一[*]

    我最初感觉到《洛丽塔》的轻微脉动是在一九三九年末，或一九四〇年初，[1] 在巴黎，是我急性肋间神经痛发作、不能动弹那个时候。依照我所能记起来的，最初灵感的触动在某种程度上是由报纸的一条新闻引起的。植物园的一只猴子，经过一名科学家几个月的调教，创作了第一幅动物的画作：画中涂抹着囚禁这个可怜东西的笼子的铁条。我心中的冲动与后来产生的思绪并没有文字记录相联系。然而，就是这些思绪，产生了我现在这部小说的蓝本，即一个长约三十页的短篇小说。[2] 我是用俄语写作的，因为俄语是我自一九二四年以来写小说用的语言（这些小说大部分没有翻译成英语，[3] 而且全都由于政治原因在俄国禁止出版[4]）。故事中的男人是中欧人，那个没有起名字的性早熟女孩则是法国人，故事的地点是巴黎和普罗旺斯。[原文以下部分是扼要的故事情节的梗概，而且纳博科夫在梗概里还给故事的主人公起了名：他把他叫做亚瑟，这个名字可能在早就遗失的一个草稿里出现过，但是在现在唯一所知的手稿里始终没有提到。]在一个张贴蓝纸[5]的战时的夜晚，我把故事读给几个朋友——马克·阿尔达诺夫，两个社会革命党人[6]，一个女医生[7]；可是，我不喜欢这篇小说，所以一九四〇年我们移居美国后的一天把它销毁了。

大约在一九四九年，在纽约州北方的伊萨卡，一直不曾完全停息的脉动又开始让我不得安宁。关联的情节又带着新的热忱与灵感相伴，要我重新处理这个主题。这一回是用英语写

---

* 节选自《关于一本题名〈洛丽塔〉的书》，原文为法文，载《关于〈洛丽塔〉》，1957年巴黎奥林匹亚出版社出版，后来附在小说《洛丽塔》书后。——原注

1 根据《魔法师》手稿，写作年份已确定，是1939年。——原注

2 父亲已经多年没有看到这个短篇，结果他回忆时小说的篇幅有点缩短了。——原注

3 这一个问题后来补救了。——原注

4 情况确实如此，直到1986年7月，苏联文学界显然终于认识到社会主义现实主义与艺术的现实并不一致，于是文学界一家机关报的态度来了一个急剧的转变，宣布"现在是让弗·纳博科夫回归读者的时候了"。——原注

5 作为防空预警。——原注

6 指弗拉基米尔·晋季诺夫（Vladimir Zenzinov）和伊利亚·方达明斯基（Ilya Fonda-minsky）。——原注

7 指科根-伯恩斯坦夫人（Madame Kogan-Bernstein）。——原注

作。英语是我的第一个女家庭教师,即一个名叫蕾彻尔·霍姆小姐说的语言。那是在圣彼得堡,大约是一九〇三年。性早熟的女孩现在带一点爱尔兰血统,但是,实际上还是同一个女孩,与她的母亲结婚这一基本思想也保留下来了;但是除此之外,这部作品是新的,而且悄悄地一部长篇小说已经成形。

弗拉基米尔·纳博科夫

一九五六年

作者按语二 *

正如我在《洛丽塔》后面附的一篇文章里所说明的，一九三九年秋我在巴黎写了一个不妨说是《洛丽塔》前身的中篇。以前我一直认为这个中篇早就已经销毁了，可是，今天我和薇拉在翻找一批书籍资料，准备再送国会图书馆的时候，突然发现这个小说的一个单独本子。我的第一个反应是把它（与一批索引卡片和《洛丽塔》未使用的材料一起）存放到国会图书馆去，但是接着我又有了别的想法。

这个本子是一个五十五页的俄文打字稿，题名《沃尔谢卜尼克》（*Volshebnik*，"魔法师"）。由于我现在与《洛丽塔》在创作上的关系已经不复存在，因此我又重读了一遍《沃尔谢卜尼克》，而且与写作《洛丽塔》的过程中已经把它当作一块废料的时候感觉到的乐趣比较起来，重读时的乐趣要大得多了。这是一个优美的俄文散文[1]作品，行文明白晓畅，稍加注意，就可由纳博科夫家人翻译成英文。

弗拉基米尔·纳博科夫

一九五九年

---

* 摘自 1959 年 2 月 6 日的一封信，纳博科夫在信中向当时普特南公司的董事长沃尔特·敏顿推荐了《魔法师》。敏顿在回信中表示他很感兴趣，然而似乎手稿一直没有寄出去。父亲当时正潜心翻译和写作《叶甫盖尼·奥涅金》《爱达或爱欲》《洛丽塔：电影剧本》，以及校阅我翻译的《斩首之邀》。也许他觉得他挤不出时间来再完成一项计划。——原注

1　此处"散文"指有别于韵文的文体。——译注

英译者按语

为了阐明一些浓缩的生动描写（其中有的最初也把我难住），同时也给一些爱探究的读者提供一点知识性的侧面情况，我写了一个短短的解说。为了使小说在读者阅读时有连贯性，我把评述放在小说后面，而且，除有一处之外，我没有在书中加注，以免造成干扰。

魔法师

"我怎样才能真正认识自己？"要是他真思考什么问题的话，他就这样想道。"这不能算好色。粗鲁的肉欲是不分青红皂白的；细腻的那一类则须以带来最终的满足为前提。因此，假如我真有五六次正常的恋爱，那么情形会怎么样呢——你怎么能把他们的淡而无味的胡乱行为与我的无可比拟的激情作比较呢？这个问题怎么回答？这当然不像东方式放荡淫逸所运用的算术，因为照他们的算法，猎物的温柔与其年龄成反比。哦，不对，在我看来这不是一般统一体的程度问题，而是与一般概念完全不相干的东西，不是更加宝贵，而是非常宝贵的东西。那么它是什么呢？是病态，是犯罪么？抑或它是与道德心和羞耻心一致的，与神经质和恐惧一致的，与自制和敏感一致的么？因为我甚至不会考虑给人造成痛苦或者让人产生永远不能忘记的反感那样的想法。胡言乱语——我可不是一个强暴者。在现实的生活中,当我想象一个绝对不能看见的方法使我的激情得到充分释放的时候,我为我的渴望设定的种种限制,我为这种渴望寻找的种种借口,都有仿佛天意造成的诡辩。我是个扒手,不是入室窃贼。尽管,也许,在一座圆形的孤岛上,与我的小姑娘星期五……(这不会是一个仅仅涉及安全的问题,而是一种变得野蛮的自由——抑或这个循环是一个恶性循环,它的中央是一棵棕榈树?)

"由于我,理性地,知道幼发拉底河流域的杏子[1]只有在装成罐头之后才有害;知道罪恶与市民的习俗密不可分;知道一说到卫生习惯就会联想起鬣狗的令人生畏;[2]而且还知道这同样的理性并不反对把本来无法触及的东西庸俗化……因此,我现在把这一切抛弃,从而登上更高的水平。

"即使通向真正的极乐之路确实要穿过一个仍然纤弱的薄膜,而且是在它还来不及变得结实,来不及覆盖起来,来不及失却芳香与闪光的时候,因为正是从这里穿过,人们才深入到

---

[1] 有人认为这才是真正的圣经里说的苹果。——德·纳博科夫注
[2] "卫生习惯"原文是 hygienes,"鬣狗"原文是 hyenas,两个字的读音与拼写相近。作者爱玩弄文字,其实没有什么特别含义,同时也说明小说男主人公心理状态的特别。

那极乐的跳动的星星,即使如此那又有什么关系?而即使是有这些限制条件,我也是带着极讲究的选择性从事的;并非遇上的每一个女学生都会让我有好感,绝对不是这样的——人们在灰暗的清晨的马路上,可以看到多少身材高大健壮的,非常瘦的,长着一串小痘痘的,或戴眼镜的——这些类型,从性爱的意义上来说,我一点都不感兴趣,就像别的人对长一身赘肉的熟悉的女人毫无兴趣一样。无论怎么说,不管有什么特别的感觉,我可以非常坦诚地说,我与一般的孩子都能很好地相处;我知道我可以做一个通常意义上的非常慈爱的父亲,但是直到今天我还是没有把握说,这到底是一个自然的补充,还是超凡的对立。

"在这个问题上我要求助于阶段法则,但是关于阶段法则,凡有抵触的过去我都没有接受:我常常试图在从一种温情向另外一种温情过渡的时候,在从一种简单的温情向特殊的温情过渡的时候,突然地遏制住自己,并且非常想知道它们是否相互排斥,是否终究要归入不同的类别,是否一种温情在我模糊心灵梦魇似的局面中,是另外一种温情开放的花朵;因为,假如它们是两个单独存在的东西,那么,就一定有两种各不相同的类型的美，而审美意义则在应邀出席晚宴时，哗啦一声坐到了两把椅子的当中（这是两重性之命运）。而在另一方面，它们的回程，即从特殊到简单的过渡，我觉得稍容易理解：前者，在被排除的那一刻，仿佛是减去了，而且，这似乎表明感觉之和其实性质是同样的，假如计算法则在这里也适用的话。这是一件奇怪而又奇怪的事——而也许尤其奇怪的是，以讨论异常之事为借口，我只不过是在为我的内疚之心寻找辩辞而已。"

他的思想活动，大致上就是如此。他很幸运，有一个精细、严谨、赚钱的职业，这个职业振奋了他的精神，满足了他的触觉，并通过黑丝绒上一个鲜明的光点，让他有了一片丰富多彩的视野。这里有一个个数字，这里有种种色彩，这里有一个个完整的晶系。间或他的想象会连续几个月被铁链锁住，而且这铁链只会偶尔发出一下叮当声。此外，由于在他四十岁的时候因一次没有成功的自焚而遭受了很大的痛苦，因此他现在已经学会了调节自己的渴望，并且也只能虚伪地认为，只有各种情形非常侥幸地结合在一起，只有在非常不经意之间命运之神向他伸出援手，不可能的事物才会出现一瞬即逝的假象。

他在记忆里非常珍惜这不多的时刻,但他是怀着抑郁的感激之情的(毕竟这些时刻是给过他了),是带着抑郁的讽刺的(毕竟他的聪敏胜过了生活)。例如,他过去在专科技术学校做学生时,曾帮助过他的一个同班同学的妹妹——一个懒洋洋、神情倦怠的女孩,目光柔和,梳两根黑色长辫——突击补习初等几何学,那时候他从来不曾有一回与她有过身体的碰擦,但是,由于她的毛料衣裙离他非常地近,因此他纸上的直线开始抖动,然后消失了,而且一切物体都在紧张、秘密的碰撞中大小变了形——但是随后又恢复了,仍然是硬的椅子、灯、在纸上乱画的女孩。他别的幸运时刻也是同样简短的那一类:坐立不安,一簇头发遮住了一个眼睛,坐在有皮革面子桌椅的办公室里,等着见她的父亲(胸口突突地跳——"哎,你心里烦吗?");还有另外一个,两个肩膀是姜饼的颜色,在阳光照耀的院子的一个废弃的角落里,让他看一些黑的色拉在吞吃一只绿色的兔子。这些都是可怜的、匆匆而过的时刻,经过后来多年的流浪与搜寻之后,已经相隔很远,然而,只要能得到她们当中的一个(但是,居中的他还是要放弃),他什么代价都肯付出。

回想起那些难得遇见的人，他那些小情人，甚至从来就没有注意过这个梦淫妖的那些小情人，他自己也感到惊讶，对于她们后来的命运，他怎么会不可思议地一无所知；然而，有许多回，在一个长久未修剪的草坪上，在一辆普通的城市公共汽车上，或者在海边只适于用来装沙漏的沙滩上，他曾经被一个无情而匆匆选中的人背弃过，他的祈求偶尔被忽视过，令人赏心悦目之事被他未曾留意的事态的变化打断过。

他消瘦，嘴唇干燥，脑袋略微有点秃，两眼目光机警。此刻他坐在城市公园的一个长凳上。七月的天气驱散了云朵，一忽儿之后，他把在他那白皙、颀长的手指头上拿着的帽子戴在头上。蜘蛛止步了，心跳暂停了。

他的左边坐着一个上了年纪的妇人，她黑头发，浅黑色的皮肤，额头红润，穿一身丧服；他的右边是一个妇人，头发松软，暗金黄色，手上忙碌地编结着绒线。他注视的目光机械地跟着在彩色雾霭中穿来穿去的儿童，但是他在想着别的事情——他目前的工作，他脚上穿的款式漂亮的新鞋——想着想着他在脚跟边看到一枚很大的镍币，表面有一部分被砾石磨损了。他把硬币捡起来。坐在他左边、嘴唇上长着髭须的妇人对于他的自然的问话没有作出反应；他右边那个肤色不黑的妇人说道：

"收起来吧。逢单的日子里拣到的就说明是遇上好运了。"

"为什么偏要是逢单的日子呢？"

"那是我们家乡——那边的人这么说的。"

她说了一个小镇的名字，而那边的一个小型黑色教堂的华丽建筑，他曾经十分赞叹。

"……哦，我们是住在河的对岸。山坡上到处是菜园，很漂亮，没有尘土，没有嘈杂声。……"

一个很爱说话的人，他想——好像我该站起来走动走动了。

就在这个时候幕布拉开了。

一个身穿紫色连衣裙的十二岁的女孩（他猜年龄从不出差错），踩着旱冰鞋迅速而稳步地走来，但旱冰鞋不是在滚动，而是在砾石路上嘎吱嘎吱地踩，两只鞋轮换着提起来，又落下去，就像日本人的小碎步，并且穿过一道道变幻不定的太阳光朝他坐的长凳走过来。后来（后来持续了多久就有多久）他仿佛觉得，就在那个时候，他一眼就将她从头到脚打量了一遍：

（新近才做的）黄褐色鬈发的活泼，大而略显空茫的眼睛晶莹发亮，多少让人想起半透明的醋栗；她的快活温暖的面色；她的粉红的嘴微张，露出两个大门牙，正好抵着下唇；露在外面的胳膊显出夏日太阳晒的颜色，前臂上有狐狸似的细滑光泽的软汗毛；她的仍然窄小但已经一点也不能叫作扁平的胸部，隐约中显得柔软；她的裙子褶层的摆动；褶层的紧缩和柔软的凹陷；她的动作自然的双腿修长而红润；结实的旱冰鞋的鞋带。

她到了坐在他旁边的饶舌的妇人面前停住，只见那妇人转身在右手边的一件东西里摸索着，拿出一块巧克力放在一片面包上，伸手递给小女孩。她一边嘴里很快地嚼着，一边用另一只手解开鞋带，并脱下两只沉重的装着坚固轮子的铁鞋。然后，她从砾石路走到我们面前的泥地上，突然间因光脚的舒适而变得轻松，然而由于不能即刻适应脱掉旱冰鞋的感觉，她走起路来时而迟疑，时而又自如地跨着脚步，终于（也许是因为此时她已经吃完面包）她撒腿跑起来，挥动她的解脱的双臂，在远处时隐时现，在紫色与绿色的树荫下，融入了婆娑树影里。

"你的女儿，"他无意识地说道，"已经是一个大姑娘了。"

"哦，不是的——我跟她不是母女关系，"手上不停地编结绒线的人说道，"我自己没有子女，但也不觉得遗憾。"

穿丧服的老妇人突然抽泣起来，并且起身走开了。手上不停地编结绒线的人抬头望着她的背影，然后又继续动作迅速地编结起来，并且不时地以闪电般迅速的动作整理一下拖着的已经编结好的绒线。还要不要把谈话继续下去呢？

长凳脚边放着的旱冰鞋后跟上的铁片在闪烁发亮，棕黄色的鞋带惊诧地注视着他。这注视就是生活的注视。他现在变得更加绝望了。所有他过去的绝望依然历历在目，现在又新添了一样特殊的可怕东西。……不行，他不可以再坐下去了。他手指头轻轻碰了一下帽子（"再会，"结绒线的人用友好的语气应了一声），然后穿过广场走了。尽管他有着自我保护的意识，但是暗地里的一阵风不停地将他吹向一边，于是他原先是打算一直走过去的路线，现在却偏向右侧树林那边。即使他根据经验心中明白，再看上一眼就意味着他那无望的渴望将变得更加不可收拾，但是他仍旧改变他的路线走进了彩虹色的树荫里，一边他的目光在五彩缤纷之中偷偷地搜寻那紫色的一点。

在铺了沥青的小巷内，旱冰鞋的滚动声哗啦啦地响。在小巷的路缘上正在进行一场不公开的"跳房子"游戏。她就在这里,等着轮到自己,一只脚踏在路边上,炫目的双臂交叉着抱在胸前,朦胧不清的头部前倾,散发出一股强烈的似栗的烘热,那一层紫色一点一点地消失了,在他的可怕而不被人注意的凝视下化解,变成了灰烬……然而,在过去,他那可怕人生的从属条款从来不曾得到主要条款的补充,于是他紧咬着牙齿绕过去,抑止了叫喊与呻吟,而这时一个蹒跚学步的孩子从他那张开的剪刀似的两腿之间钻过,于是他送去了一个匆匆的微笑。

"若有所思的笑,"他爱怜地想道,"而也只有人,才会做到若有所思。"

拂晓时分，他昏昏欲睡地放下手中的书，就像死鱼合拢了鱼鳍，并且突然开始斥责自己：他问自己，你为什么甘愿被绝望逼得没精打采，你为什么不好好地交谈交谈，然后与那个结绒线的，那个巧克力女人，那个女家庭教师，也不管她是做什么的，就与她交个朋友；他想象如果是一个快乐的先生（只有他的内脏器官，暂时，与他自己的相像），他就有机会——就因为他是一个快乐的人——把那个淘气的小姑娘抱起来让她坐在自己的腿上。他知道他不是一个很善于交际的人，但是他也明白他能随机应变，坚持不懈，还会博得人家的喜欢；在他生活中的其他方面，他曾不止一次地不得不随时制造气氛，或者顽强地坚持，不懈地努力，即使眼前的对象与他更加遥远的目标充其量只有间接的关系，他也不会气馁。可是，当那个目标使你头晕目眩，使你感到喘不过气来，使你喉咙变得干燥的时候，当健康的羞愧和病态的胆怯在查看你的每一个脚步的时候……

她与其他的人一起，哗啦啦地滑过铺沥青的小巷的路面，俯身前进，同时富有节奏地挥动她的放松的双臂，以飞快的速度向前猛冲。她动作敏捷地转身，于是，随着她的裙子下摆轻轻地甩起，大腿暴露了。然后，随着她缓慢地向后滑动，小腿腿肚几乎看不出曲线，但是她的裙子紧贴着身体的后背，显示出一个小小的凹沟。他的一双眼睛贪婪地注视着她，惊讶地看着她红通通的脸蛋，注视着她的每一个简洁与娴熟的动作（尤其是刚一动不动地站定，她又冲出去，膝盖向前突出，一鼓作气地滑行的时候），这个时候他所经受的这种折磨就叫做好色吗？抑或这是始终伴随着他无法实现的渴望的悲痛？因为他渴望从美好的事物中抽取一点，一动不动地握在手中，让它待上片刻，摆弄一下——不管怎样摆弄，只要能有一个接触，因为这样的接触，不管怎么样总可以让他消除那种渴望。为什么要这样苦苦思索？她还会加快速度，从眼前消失——而明天又会闪过一个不同的人，于是，他的人生就会在目睹一个接一个的人的消失中度过。

真会这样吗?他看见那同一个女人坐在同一张凳子上结着绒线,但是看到她后,他并没有报以具有绅士风度的微笑,而是斜睨了她一眼,一粒尖牙在有一点发青的嘴唇之间露了一下,然后坐下来。他的不安的情绪和两手的哆嗦并没有持续多久。他们开始谈话,而且光是这谈话就给了他一种奇怪的满足感;压在他胸口的重负放下了,于是他差不多开始感觉快活起来。她出现了,就像前一天一样,在砾石路上啪哒啪哒地走过来。她那淡灰色的眼睛朝他凝视了一会儿,即使此刻说话的并不是他,而是结绒线的女人,而她在认出他之后,也便漫不经心地转过脸去。然后她就在他身边坐着,玫瑰色的、指关节凸出的双手抓着长凳的边沿,而她的手上一忽儿暴出一根很粗的青筋,一忽儿手腕边上现出一个深深的凹陷,但是她的耸起的双肩却一动也没有动,而且两只睁大的眼睛盯着别人的一只皮球在砾石路上滚过。又像昨天一样,他旁边坐着的人隔着他递过一个三明治给女孩,于是女孩一边吃,一边晃动两条腿,用留着几个伤疤的膝盖轻轻地相互敲打。

"……当然这样更有益于健康,最要紧的是,我们有一流的学校。"远处传来一个人的说话声,而就在这时他猛地发现在他左边那个长着赤褐色鬈发的脑袋毫无声响地垂着,在看他的手表。

"你的手表针掉了,"女孩说道。

"没有,"他清了清喉咙说道,"它原来就是这样的。这种表很少见。"

她伸过左手(因为右手拿着三明治)抓起他的手腕,仔细观察没有指针、没有中心的表面,而就在表面的下方,在银色的数字当中嵌着指针,只露出指针的末端,像两颗黑色的水珠。一片枯叶在她的头发上抖动,就靠近她的脖子,在一个微微突起的脊椎骨的上方——于是在后来的一个失眠的夜晚,他不住地伸手把那片鬼影似的枯叶拿掉,不住地抓住它,拿掉它,先是伸出两个手指头,然后伸出三个手指头,最后五个手指头都伸出来。

第三天,以及后来的几天,他虽然不熟练但是还算不错地模仿一个古怪的喜欢孤独的人,坐在同一个地方;同样的时刻,同样的地方。女孩的到来,她的呼吸,她的双腿,她的头发,她所做的每一件事,不管是在腿肚子上抓痒并且留下几道白色的抓痕，还是把一个黑色的皮球扔向空中，还是在长凳上坐下来时裸露的胳膊肘在他身上擦过——所有这一切（都是在他看似集中注意愉快地交谈的时候发生的事）激起了难以忍受的感觉，仿佛他与她血液、皮肤、密布的血管都是共有的，仿佛从他身体的深处抽取全部体液的粗大的等分线，像一条搏动的虚线，延伸到她的体内，仿佛这个女孩是从他体内生长出来的，仿佛她每做一个随意的动作，就是拉扯、摇曳长在他体内深处的她的生命之根，因此，当她猛地变动位置，或者突然跑开，他就会觉得被拉了一下，被使劲地拽了一下，会一时失去平衡：你突然之间后背着地被拖走，后脑撞击地面，拖过去，拉出肠子将整个人悬挂起来。可是他一直安安静静地坐在那里听着，笑着，点着头，拉一拉一条裤腿以便松一松膝盖，拿手杖在砾石地上轻轻地划着，并且说着"是这样么？"或者说"没错，有时候会有这种事，你知道……"不过只有当女孩不在附近地方的时候他才能听明白坐在他旁边的人说话的意思。他从这个事无巨细都要从头说起的饶舌者嘴里得知，她和女孩的母亲即一个四十二岁的寡妇之间，已经有五年的友谊了（她自己的丈夫的名誉是寡妇已故的男人挽救的）；她说，这个寡妇长期卧病之后在今年春天肠子动了一个大手术；她说，寡妇的家人早就都不在了，在这种情况之下，寡妇立即并且牢牢抓住这一对善良的夫妻的建议，让女孩跟着他们一起住到乡下去；她说，现在女孩是跟着她来看望母亲的，因为这个饶舌的女人的丈夫有一点棘手的事情要到首都来处理，不过她说过不了多久他们又要回去的——越早回去越好，因为女孩在身边寡妇就觉得心烦，而她原是一个非常宽容的人，只是最近变得有点任性。

"哎，你不是说她要把家具卖掉几件吗？"

这个问题（以及接下来要说的话）他昨天晚上就已经想好了，而且在静悄悄的房间里低声地说过几遍；在自己觉得这句话听起来还自然之后，第二天他向他新结识的朋友又说了一遍。她的回答是肯定的，而且她一点也不含糊地说明，让寡妇发一点小财也不失为一个好主意——她的医药费用昂贵，而且她还要继续这样花下去，她的经济来源很有限，她又坚持要负担女儿的开销可是又常常不能按时给钱——可是我们自己也不富裕——总之，很明显，良心债应该说已经付清了。

"实际上，"他有条不紊地继续说道，"我本人也可以买一两件。你是否觉得这样既方便又妥当，假如我……"他已经忘记了后半句话，但是他临时想到的话也非常地巧妙，因为他对于现在仍旧不十分理解的、一环扣着一环的梦的做作的风格已经开始熟悉，虽然非常模糊，但也是非常牢固地与这个梦结合在一起，于是，举例来说，他已经不知道这个东西是什么，不知道它又是谁的东西：是他自己腿的一部分，还是章鱼的一部分。

她听了显然很高兴，说要马上带他过去，假如他想去的话——寡妇的公寓，也就是她和她的丈夫现在住的地方，离这里不远，跨过电气列车铁道上的天桥就到。

他们出发了。女孩在前面走着，一边手抓着帆布包的绳子用力地挥动，而在他眼里看来，与她有关的一切都已经惊人地、难以满足地非常熟悉了——她那细小的腰的曲线，腰部以下两块小小的、圆滚滚的肌肉富有弹性，在她举起一个胳膊的时候裙子（另外一条咖啡色的裙子）上的格子花纹匀称地收紧，她的纤弱的脚踝，她的很高的脚跟。她可能有一点内向，活动的时候比说话的时候要活泼一些，但她不能说是胆怯，也不是冒失，她的心灵似乎是浸在水中，但那是光彩照人的湿润。由于表面是乳白的，而在深处却是半透明的，因此她一定喜欢甜食，喜欢小狗，喜欢新闻短片的无害的欺骗。像她这样的皮肤温暖、有黄褐色的光泽、嘴唇微张的女孩初潮来得早，而且对她们来说这与玩游戏也没有什么多大区别，就像清洁玩偶小屋的厨房一样……然而她的童年，半个孤儿的童年，并不很幸福：这个严厉的女人的善良不像牛奶巧克力，而是苦的那一种——一个没有爱抚的家，只有严厉的命令，极度疲惫的征兆，对于一个已经成了一个包袱的朋友的特殊照顾……而为了得到所有这一切，为了她两颊的红润，那十二对窄小的肋骨，她背部的汗毛，她这个纤弱的人儿，她那略显得沙哑的喉咙，旱冰鞋和灰蒙蒙的天气，她站在铁路天桥上注视着一个陌生的东西的时候刚从她头脑中闪过的一个陌生的想象……为了要得到所有这一切，他愿意拿出一大袋的红宝石来交换，愿意放出一桶的热血来交换，要他拿什么来交换他都愿意……

来到公寓外面的时候他们正好碰上一个一脸胡子、手提公文包的男人，他跟他的妻子一样地不怕陌生，头发一样地灰白。于是，他们四个人一起踩着嘈杂的脚步进了门。他原以为会看到扶手椅上坐着一个病病歪歪、脸色憔悴的女人，然而与他的想象相反,他见到的是一个身材高大、脸色苍白、臀部宽大的女人,她的鼻子呈球状,一个鼻孔的旁边长了一个上面没有毛的疣:有些人的脸,你在描述的时候无法对嘴唇和眼睛说什么话,因为,一说起嘴唇和眼睛——即使是这样——就会在无意中与这嘴唇和眼睛的绝对很不起眼这一特点产生抵触,她的脸就是这样的。

得知他有可能要买她的家具,她立即把他领到餐厅里。她一边慢慢地走,身体略向前倾,一边解释说,她实在不需要一个四室的公寓,她说她打算到冬天的时候搬到一个两室的公寓去,她说她很高兴要是能处理掉那张可以伸缩的桌子,几把多余的椅子,客厅里的那张长沙发(在完成了给她的朋友当床睡的使命之后),一个很大的古玩陈列架,以及一个很小的衣柜。他说他很想看看刚才说到的最后几件家具,而这几件正好是在女孩睡的房间里。他们进去的时候发现女孩懒洋洋地躺在床上,眼睛盯着天花板看。她弓起两腿,伸出手臂抱着膝盖,一齐摇晃。

"下来!你这是在干什么?"她急忙遮起双腿背面的白嫩皮肤和绷紧的短裤的小三角,一溜烟走了(哦,我会让她随便一点的!他心里想)。

他说他要买那衣柜——算作进入这屋子要付出的代价,那真是低得荒唐可笑了——并且还可能买一两件别的东西,不过他还没有拿定主意是什么。假如她觉得可以的话,过一两天他再过来看看,然后把所有买的东西都一起搬走——这个,就是他的名片。

她送他到门口的时候,不带一点笑容地(显然她很少笑一笑)不过也是相当和气地说,她的朋友和自己的女儿已经说起过他了,还说她朋友的先生还有点儿吃醋。

"没错,没错,"她朋友的先生一边说,一边跟到门厅,"谁愿意收了我的太太我真巴不得脱手呢。"

"你给我当心点儿,"他妻子与他一起从同一间房里出来说道,"总有一天你会感到遗憾的!"

"哦,你随便什么时候来都行,"寡妇说道,"我总是在家的,你也许会对收藏的灯或者烟斗感兴趣——都是很好的东西,想起来要卖掉我还有点伤心,可生活就是这样。"

"下一步该怎么办?"他在回家的路上心里想道。到现在这个时候为止他是在凭听觉办事,实际上并没有预先的打算,是在盲目地跟着直觉走，就像一名棋手，一旦他的对手的阵地有一点不稳或者有一点吃紧，他就会深入，就会施加压力。可是现在怎么办？后天他们就要把我的宝贝儿带走——这样一来就抹煞了与她的母亲认识带来的直接的好处……不过她还会回来，而且甚至可能在这里永久地住下去，因此到了那个时候我就是个很受欢迎的客人……可是，假如这个女人只有不到一年时间可以活（照我领会的意思看来），那么一切就付之流水了……我必须说，她在我眼里并没有显得很衰老，但是，假如她卧床不起，然后死了，那么本来可以快快乐乐相处的环境和条件就会崩塌，那么一切就完了——那样一来我怎样才能找到她，有什么借口可以去找她呢？……然而，他本能地感觉到这就是要采取的办法：不要考虑得太多了，在棋盘的薄弱的一角施加压力。

于是，第二天他出发朝公园走去，带着一盒很显眼的香草糖汁栗子和用糖做的紫罗兰，作为给女孩送行的礼物。理智告诉他，这样做很有点俗气，而且这个时候是专门挑选她来公开地表示关心的特别危险的时刻，即使是一个放荡不羁的怪人在这样做，尤其是因为到目前为止他还没有——做得非常对——特别地关注过她（他是在发生了惊天动地的事情的时候还能掩饰过去的老手）——他一点也不像你们看到的腐败堕落的老头儿，身边总是放着糖果去引诱小姑娘——但是由于受到内心悄悄产生的一股比理智更加准确的冲动的支配，他仍旧提着礼物，装模作样地踏着小步。

他在长凳上足足坐了一个钟头，然而她们并没有来。一定是提前一天离开了。于是，尽管再一次与她相遇也无法减轻前一个星期累积起来压在他心头的非常特殊的重负，但是，他还是感受到了一个遭到背叛的恋人的极度恼怒。

理智的声音告诉他说他又做错了一件事情，但是他继续不加理睬，急匆匆地赶到寡妇家，把灯买了下来。她见他呼吸急促的样子，就请他坐下来，并递给他一支烟。他找打火机的时候，看到一个长方形的盒子，于是，他像书中的人物一样说话道：

"也许你会觉得奇怪，因为我们相互认识只有这么短时间，但是，还是请允许我送你一点糖果，不坏的糖果，我想——假如你接受下来，那我会很高兴的。"

她第一次露出了笑容——很显然,她与其说感到意外,还不如说是感到高兴——并且解释说,所有的人生乐趣对她都是禁止的,她还说她会把糖果给她的女儿。

"哦——我还以为他们已经——"

"没有,是明天早上,"寡妇接着说道,一边手指头不无遗憾地抚弄着金色的丝带。"今天我的朋友带她去参观针织工艺品展览去了。她非常地宠爱我的女儿。"她叹息了一声,一边将礼物小心翼翼地放到旁边一张小桌子上,仿佛这是一碰就碎的东西,而她的很有魔力的客人则询问她什么可以吃,什么不可以吃,并且听着她关于这慢性病的长篇叙述,还提及了这种疾病的不同说法,眼光非常敏锐地领会了对于这种疾病的最新歪曲的叙述。

到了第三次来看望她（他是进来告诉她，搬运家具的人最早也要到星期五才能来）的时候，他与她一起吃了茶点，但这一回是轮到他对她说自己的身世，说他的闲适优越的职业。谈话中他们发现原来他们还有一个共同的熟人，即一位律师的兄弟，是与她的丈夫同一年去世的。她客观地，而且也没有表现出不真诚的痛惜，谈论着她的丈夫，而他也已经知道一些关于她丈夫的事情：他是一个讲究生活的舒适和讲究吃喝的人，是处理公证事务的行家；他与他的妻子相处得很好，但是，他想方设法尽可能地少待在家里。

星期四他买下了长沙发和两把椅子，而星期六根据大家的约定他来接她，一起到公园去安安静静地散一会步。然而，她感觉非常糟糕，抱着一个热水袋躺在床上，语气单调地隔着门与他说话。一个脸色阴沉的干瘪老妇定期来给她烧吃的和给她护理。他叫这老妇到某某门牌号告诉他病人晚上的情况。

就这样又忙忙碌碌地过了几个星期，那是几个星期的轻声低语、探查、劝说、对另一个人很容易受影响的寂寞心情的精心安抚。现在他正朝着一个明确的目标走去，因为，甚至早在他送糖果去的时候，他就通过看上去像一个奇怪的、不见指甲的手指头（就画在篱笆上）悄悄的指点，突然认出远处的目标，以及那真正的、令人眼花缭乱的机遇的真实藏身地。这条道路是没有诱惑力的，也不是一条艰难的道路，因为一见到不可思议地随便丢放在一边的每星期一封给妈妈的信，就足以打消任何的疑虑。信封上的笔迹仍显得不够规范，书写潦草但不够成熟。

他从别人那里了解到，这位母亲也在调查他，而且调查的结果只会让她感到非常满意，至于他有很大一笔银行存款，这一点自然是举足轻重的。她用怀着真诚放低的语声，拿出呆板的旧照片给他看。照片上是一个姑娘，摆出各种各样多少比真人要漂亮得多的姿势，穿很高的鞋，一张可爱的圆脸，胸部丰满漂亮，头发从额头往后梳（给他看的照片还有结婚照，而既然是结婚照，就照例有新郎，新郎脸上是喜出望外的表情，还有让人觉得又熟悉又奇怪的斜眼角)。从她给他看这些照片时的样子,他看出来,她暗地里是在凭借依稀还能反映过去年代的照片,寻求即使现在也可能让她博得男性青睐的某一样东西,而且她一定已经有了肯定的看法,觉得一个评估钻石琢面及其反射的行家的敏锐眼光依然能够看到她往昔的秀丽的踪迹(顺便在这里说一下,她有点夸大了),在看了使人回顾过去的结婚照之后会变得更加显而易见的踪迹。

她在给他倒的一杯茶里透露了一丝优雅的亲昵;在她非常详细地讲述她各种各样的身体的不舒服的时候,她又想方设法注入了如此多的浪漫,结果他简直无法抑制地提出了某个粗鲁的问题;而有的时候她也会停下来,似乎是陷入了沉思,然后提出迟到的疑问,又跟上他小心翼翼、嗫嚅地说着的话语。

他感到又是内疚又是反感,但是,由于他明白这个材料除了它唯一的具体功能之外,根本就没有什么别的可能的用途,因此他仍旧孜孜不倦地做着他每天做的单调工作,而做这项工作又要求他全神贯注,于是,这个女人的身体形象就分化瓦解,从而消逝(假若他在这座城的一个不同的地段遇见她,他也不会认出她来),而它原来的位置任意地被照片里抽象的新娘的外表特征所占据，因为这些特征已经变得太熟悉，以致都失去了意义（于是，她的可悲的心机终究已经有了成效）。

工作顺利地进行着，但在一个深秋的雨夜，她在听着——无动于衷地，也没有提出一点女性的劝告——他对一个单身汉的渴望含糊其词地说着牢骚话，因为单身汉用羡慕的眼光看着燕尾服，看着另一个人的婚礼上的朦胧气氛，并且不觉自然地想着他孤独的道路的尽头挖掘的孤独的坟墓，这时候，在她听完他说的话之后，他很肯定地认为，叫打包工的时刻到了。然而，在此同时，他叹了一口气，换了话题，但是过了一天之后，她目瞪口呆了，因为就在他们相对无言地喝茶的时候（他曾经有两次走到窗口，仿佛他是在思考什么问题），搬运家具的人用力按门铃的声音突然响起。两把椅子、长沙发、灯，以及衣柜，统统搬进了屋内；同样，人们在解数学题的时候，把某一个数字暂时放在一边，目的是要更加自如地演算，然后再把这个数字放回这道题目的解中去。

"你并不了解。我这样做的意思只是要说，一对已婚的人的物品由两个人共同拥有。换句话说，我把袖口里的东西，还有活的红心爱司，都给了你。"

在此同时,两个搬运家具的工人就在旁边忙着,于是她很干脆地退到隔壁房间。

"要不要我来告诉你?"她说道,"回你家去,好好睡一觉。"

他轻声笑了一笑,想握住她的手,但是她把手放到背后,同时很坚定地重复说,这些都是荒唐事情。

"行,行,"他说道,一边抓了一把零钱放在手心里,准备给小费。"行,行,我走,不过,要是你决定接受,请你告诉我一下,要是不愿意,那就不麻烦了——我永远不会再在你面前出现。"

"你等一等。让他们先走。你挑了个奇怪的时候来说这种话。"

"好吧,我们坐下来理智地讨论讨论,"过了一会儿她说道,这时她已经在刚搬回来的沙发上扑通一下温顺地坐下来(而他则在她旁边盘起一条腿侧身坐下,一手抓着伸出在外面的皮鞋的鞋带)。"首先我要说的是,我的朋友,你也知道,我是个生着病,生着重病的女人。到现在已经好几年了,我的生活就是不停地治病。我四月二十五号动的手术很可能是倒数第二次手术——换句话说，到了下一回手术，他们就要把我从医院往火葬场送了。别，别，别不相信我说的话。我们假定就算我还能再活几年——会有什么变化吗？到我临终的那一天为止，我注定是要遭受我的可怕的特殊饮食习惯的折磨，我的注意力完全都集中在我的肚子上，集中在我紧张的神经上。我的名声已经令人绝望地被毁坏了。曾经有一个时候我一直大笑不止……可我一直以来总是苛求别人，而现在我却在苛求一切——苛求有形的物体，苛求我邻居的狗，苛求没有按照我的需要服务的我生存的每一分钟。你知道我的婚姻只维持了七年。我的记忆里并没有什么特别的幸福。我是一个不好的母亲，但是我自己也甘愿做一个不好的母亲，而且我也知道身边有一个吵吵闹闹的女孩子会加速我的死亡，而同时我又有一种荒唐而痛苦的嫉妒心，嫉妒她两条强壮的腿，嫉妒她红润的面色，嫉妒她健康的消化力。我很穷：我养老金的一半花在看病上，还有一半用来还债。即使人们会觉得你的性格和情感是那种……哦，总之一句话，让你可以做适合我的丈夫的各种性格特点——注意，我特别强调了'我'这个字——有了我这样一个妻子你会过什么样的生活？精神上我可能会感觉还年轻，而且我看上去可能还没有到变成丑八怪的时候,但是,假如你整日为了这样一个非常挑剔的人忙忙碌碌,还绝对绝对不可以违抗她的意愿,还要尊重她的习惯和怪癖,尊重她的禁食,以及别的她要遵守的规矩,难道你就不会心生厌烦吗?而这一切都是为了什么——为了,也许半年左右时间之后,要做一个鳏夫,而且还要抚养别人的孩子!"

"你说的这些话倒叫我相信,"他说道,"你已经接受了我的求婚。"于是,他从一个羚羊皮的小钱袋里,往她的手掌心倒出一颗光彩夺目的未经琢磨的钻石,而这颗钻石在清凉微蓝的固定物的衬托下,似乎被闪烁的红色火焰从里面照亮。

女孩在婚礼前两天到达。她面颊泛着红光,穿一件蓝色外套,纽扣没有扣,外套的腰带两头散着,悬在身后,羊毛长袜几乎齐膝盖,湿润的鬈发上戴一顶贝雷帽。

是的,是的,这样做值得,他心里这样重复说着,一边握住她冰凉通红的手,还做了个怪相,因为他听见她那个永远陪在身边的人在大声说话:"是我替你找了一个未婚夫,是我替你带回了你的未婚夫,你有这个未婚夫我是有功的!"(同时她还拉着动作不灵活的新娘转身,就像炮兵要把他的大炮调转方向一样。)

这样做值得,是的——不管在婚姻的泥沼里这个庞大的累赘还要拖多久;这样做是值得的,即使她比大家都长命;为了能自然地一起生活起见,也为了他能获得做未来的继父的准许,他这样做是值得的。

然而，他现在还不知道如何利用这个许可，一部分是因为缺乏实践，一部分是因为他期待更加大的许可，但是主要是因为他怎么也没有办法与女孩单独待在一起。诚然，经她妈妈的应允，他带她到附近一家小餐馆去过，坐在那里双手支撑在手杖上，注视着她俯身向前一口一口地吃着一种花式格子果馅饼，一直咬到了杏子的边沿，伸出下唇接住甜腻的薄片。他想办法让她笑，并且像对待平常的孩子一样与她交谈，但是他的进展很慢，因为他不停地受到一个起着阻挠作用的思想的牵制：假如这个房间再空一点，角落再舒适一点，他就可以在她身上抚摸，而且也不需要找什么特别的借口，更不必担心陌生人的斜视（这目光比她轻信的天真更加敏锐）。他带着她走回家的时候，他在楼梯上在她后面走的时候，不但失去一个机会的感觉使他感到痛苦，而且还有一个思想也使他感到痛苦，那就是直到他至少有一次完成某些具体的事情之前，他是不可能依赖命运的诺言的，因为命运的诺言是通过她天真的话语，通过她的孩子气的常识和缄默的细微差异（她沉默的时候，那片倾听的嘴唇下面的牙齿，轻轻地咬着忧心忡忡的下唇），通过她听了觉得新鲜的老笑话之后渐渐显露的酒窝,以及通过他对于她的潜流(没有潜流她也就不会有那两只眼睛)的涨落富有洞察力的理解才实现的。因此,即使在将来他的行动自由,他做特别的事情和重复特别的事情的自由,使一切都变得无忧无虑,变得和谐协调,那又会怎么样呢?在此同时,现在,今天,一个误植的愿望歪曲了爱的含义。那个黑点代表着必须尽早排除、尽早铲除的一个障碍物——不管是用什么样的伪造的欣喜若狂——尽早排除,尽早铲除,以便那孩子可以最终领会这个笑话,而他也可以感到慰藉,因为他们听了笑话都哈哈地大笑起来,因为他可以对她表示无私的关心,因为他可以将父爱的波涛与性爱的波涛融合。

是的——伪造的手段,偷偷摸摸地做事,害怕有一丝的疑心、一点抱怨,或者天真的告发("你知道吗,妈妈,一见周围没有人他老是要动手动脚"),在这些人口稠密、地方狭小的住地,必须随时提防,免得落在偶然撞见的猎人手里——这就是现在让他感到痛苦的事情,这就是今后在自己独占的地方所拥有的自由中不会再存在的东西。可是要到什么时候?什么时候?他在他的安静、熟悉的房子里来回踱着的时候,这样绝望地思考。

第二天上午，他陪着他高大的新娘到一个事务所去。然后她从那里再要去看医生，显然是要去问某些疑难的问题，因为她关照她的新郎回到她的公寓，并在一个钟头之后等她回来用餐。他前一天晚上的绝望情绪已经忘得一干二净了。他知道她的朋友（她的丈夫根本就没有同来）也外出办事去了——预先想着见到女孩一个人在家的滋味，就像可卡因那样融化在他的腰下。可是，在他急急忙忙赶回来冲进公寓的时候，只见她站在罗经花似的风里，在与女佣谈天。他顺手拿起一份报纸（是三十二号的），但是眼前的报纸是一片模糊，他根本看不清字迹，只是在已经打扫完毕的客厅里坐了很久，听着隔壁房间吸尘器呜呜叫声间隙时间里的轻松的谈话声，看着手表光滑的表面，同时他在心里面已经把这女佣杀死，并且把她的尸体运到了婆罗洲。接着他又听到了第三个人的说话声，于是他想起来了，那个干瘪的老太婆也在厨房里（他原来觉得他听见说女孩送到杂货店去了）。接着吸尘器的呜呜声停止了，电源关了，一扇窗砰的一声也关上了，街上的嘈杂声歇了。他又等了一分钟，然后站起身来，嘴里低声地哼着，两只眼睛贼溜溜的，开始在现在已经静悄悄的公寓里搜索着。

没有，她并没有被送到什么地方去。她就站在她自己房间的窗前，两个手掌贴着窗玻璃，看着窗外的街道。

她转过身来，一边头发一甩，并且重新回头去观察外面，一边迅速说道："瞧——出事故了！"

他靠得越来越近，越来越近，同时他的后颈感觉到身后的门已经自行关上，他越来越靠近她脊椎的柔软的凹陷处，靠近她腰部的收拢处，靠近他在七英尺以外就已经能触摸到纹理的衣服上的菱形格子花纹，靠近她齐膝高的长袜筒上方浅蓝色结实的静脉，靠近她棕色鬈发旁斜照过来的光亮映照下白皙有光泽的脖子，而她的棕色鬈发此时又用力甩了一下（八分之七是出于习惯，只有微弱的八分之一是因为喜欢卖弄风情）。"哦，出事故了……一辆出租车撞瘪了……"他嘟哝道，一边假装从她头顶上方的没有遮拦的窗玻璃往外窥探，而实际上他只看见她丝一般光洁的头顶上点点的头皮屑。

"是那辆红色的车子造成的！"她很坚信地大声说道。

"唔，红车子……我们乘红车子，"他接着语无伦次地说道，并且站在她的身后，只觉得昏昏然的，把越来越缩短的间距的最后一英寸取消，从背后抓住她的双手，开始不知不觉地将它们拉过来，而她仅仅是不时轻轻地松开她纤细的右手手腕，机械地要把她的手指头指向撞车事故的肇事方。"等一等，"他声音沙哑地说道，"把你的胳膊肘贴紧你身体两侧，这样我们试试我能不能，能不能把你举起来。"就在这时，从门厅传来砰的一声，接着是雨衣发出的不祥的窸窣声，于是他手忙脚乱地从她身边仓猝离开，一边将他的两只手插进口袋里，喉咙哼了两声，便开始大声说道："……总算回来了！我们在家里都饿慌了……"而在他们坐下来一起用餐的时候，他的两个腿肚子仍然有酸痛发软的感觉。

晚餐之后几个女人过来喝咖啡，而到了晚上一批批客人散去，她的忠实的朋友也谨慎地离开去看电影了，这时候感到非常疲劳的女主人在长沙发上伸开四肢躺下来。

"亲爱的，你赶紧回家吧，"她说道，连眼皮也没有抬起来。"你一定有事情要处理，你可能连东西都还没有整理，而我也想睡觉了，否则我明天什么事情都干不了。"

随着引逗亲热感情的"唔"的一声短促声响，他在她像农家新鲜干酪一样冷的额头上吻了一下,然后说道:"附带说一下,我老在想这孩子真可怜。我建议还是把她留在这里吧。为什么这个可怜的人非得跟陌生人待在一起呢?现在又有一个家了还那样就实在太好笑了。亲爱的,仔细考虑考虑吧。"

"明天我还是把她送走,"她拖长了话音无力地说道,眼睛都没有睁开。

"请你,一定要理解,"他话说得更加轻声了,因为女孩刚才还在厨房里吃饭,很显然现在已经吃完了,她的红润的身影隐约间就在近旁的一个地方。"一定要理解我说的话。即使什么费用都由我们来支付,而且甚至可以多支付他们,你认为这样做让她在那边会觉得更加安心一点吗?我是怀疑的。那边有一所好学校,你会跟我说,"(她沉默无语)"可是我们在这里可以找一所更好的,而且我主张,也历来赞成在家里给予单独辅导。不过主要还是……你知道,人家会觉得——而且今天对于人们的这种想法你也有所觉察了——尽管家庭情况有了变化,就是说,你们现在可以得到我的全力支持,我们可以换一套大一点的公寓,我们也可以留出完全属于自己的空间,如此等等,但是,母亲和继父依旧要把孩子丢弃不管。"

她没有说话。

"当然，你想怎样就怎样吧，"他有点提心吊胆的，因为她的沉默让他害怕（他话说得太过头了！）。

"我已经跟你说了，"她拖长了话音，同样是可笑得像殉难者一样低声说话，"现在，对我来说头等重要的是，我要安安静静待着。要是我的平静被打破，我就要死掉。……你听：她的脚在擦着地板，或者撞着什么东西了——声音并不大，你说呢？——但是这声音已经大得让我神经发毛，眼前直冒金星。可一个孩子是免不了要砰砰地撞着东西的；就算家里有几十间房间，这几十间屋子里都会有声音的。因此，你要在我和她两人之间作一个选择。"

"不是，不是——千万别说这样的话！"他大声说道，听得出喉咙因惊恐而哽住了。"根本不存在挑选的问题。……上帝保佑，千万别这样！这只不过是从道理上说说而已。你说得对。确实是这样，因为我也很看重安安静静。没错！我是主张维持现状的，所以，人家要说就让他们说去吧。你说得没错，亲爱的。当然，我也不排除也许以后，明年春天……假如你身体又恢复得很好了……"

"我的身体绝对不会好了，"她声音很低地回答道，一边抬起身子，嘎吱一声重重地侧过身来。接着她用一个拳头支着面颊，摇了摇头，斜睨了他一眼，重复说了这同一句话。

第二天，在大家都客气了一番，吃了一顿颇有点节日气氛的正餐之后，女孩走了，而且在她离开之前，她两次当着大家的面用她的冷冰冰、从容不迫的嘴唇，在他刮得干干净净的面颊上亲了亲：一次是举起香槟酒杯向他表示祝贺，而另外一次则是在门口，她向他道别的时候。她们走了之后，他搬来了他的箱子，并且花了好长时间在她原先的房间里整理他的物品。在这个房间里，在衣柜的最下面的一个抽屉里，他找到了她的一小块碎布，而这块碎布比起那两个不完全的吻来，意义要深长得多。

那个人（他觉得"妻子"这个称呼对她并不适用）常喜欢强调两人分开在各自的房间里睡一般说来更加方便一点（他没有和她争辩），还说，附带地提一下，她本人习惯于独自一人睡（他也随她说去了）。但是从她说这个话的口气听起来，他不免得出结论，在那个晚上，要第一次打破那个习惯，她希望他能帮得上忙。随着窗外夜色渐渐浓重，而他也越来越觉得傻乎乎的，就这样陪着她坐在客厅长沙发的旁边，无言地捏着光亮的手背上有浅蓝色斑点的、顺从得给人以不祥感觉的手，或是把她的手拿起来放到他绷紧的下颌上，这时候，他更加清楚地领会到清算的时机到了，也领会到现在已经不可能从他当然早就预料到的情况下遁逃，但是他并没有想得很多（时候到了我会设法解决的）；现在那个时刻已经找上门来了，而且事情非常清楚，他（一个小小的格列佛）在身体条件上来说，是不可能应付她那些宽大的骨骼，她的七窍，她的厚重的丝绒睡衣，她的不成形状的距骨，她的令人反感地歪斜的宽大骨盆，更不用说她的萎缩的皮肤发出的酸臭味，以及现在尚不为人所知的外科手术的奇事……想到这里他的想象被悬挂在铁丝网上了。

早在用餐的时候，他先是显然不很坚决地拒绝了第二杯酒，接着似乎又屈从了诱惑，但他为了保险起见还是对她解释说，一旦情绪兴奋他就会有各种各样的僵硬的疼痛。所以他现在逐渐地松开了她的手，毫不掩饰地假装太阳穴很痛，说他要到外面去透透气。"你要理解，"他补充了一句，并且注意到她的两个眼睛和赘疣非常奇怪地盯着他（抑或他是在胡思乱想?),"你要理解——幸福对我来说是那样的新鲜……而且你的亲近……没有,我连做梦都不敢想有这样一个妻子……"

"可别待太久。我睡得早,而且不喜欢被人吵醒,"她回答道,同时放松刚烫过的头发,用她的指甲敲了敲他背心最上面的那颗纽扣;然后她轻轻地推了他一下,于是,他明白了,这个要求不是可以婉言拒绝的。

此刻,他漫步在十一月夜晚的萧瑟寒风中,穿过迷蒙的街道,因为自从灭世洪水暴发以来,街道就变得永远潮湿了。为了要分散自己的思绪,他将注意力集中到了他的簿账登记,他的棱镜,他的职业,人为地夸大它在他生活中的重要性——可是这一切不断地消失在泥泞中,消失在夜的发烧时的寒战中,消失在波浪形灯火的痛苦中。然而,正因为任何形式的幸福在目前完全是不可能的,别的东西突然间就变得清晰。他准确地估量他现在已经走到了什么地步,评估他的打算的整体的不可靠性和虚幻性,评估这整个埋在心中的癫狂,评估这迷恋的明显失误,而这迷恋只有在幻想的范围之内发育成熟的时候才是不受约束的,是真实的,但是这迷恋现在已经偏离了它的唯一合理形式,开始进行(并以一个疯人、一个瘸子、一个智力迟钝的孩子的可悲的勤勉——是的，随时都可能遭冷落、受打击！）成年人物质生活上能满足温饱的收入之内的计划与行动。而他现在仍然可以摆脱出来的！立刻逃走，发一封匆匆写就的信给那个人，向她说明住在一起对他来说是办不到的（编造什么理由都可以），仅仅是出于略显奇怪的同情心（要详细一点说明）促使他允诺给予她鼓励，而现在既然这样的做法已经有了永久合法的理由（要说得具体一点），那么，他要再次隐退到仙境默默无闻的氛围里去。

"而在另一方面，"他心里继续这样想道，以为自己仍旧遵循着一个清醒的思路（而殊不知一个光脚被驱逐出大门的人又从后门回来了），"假如她亲爱的妈咪明天死了，那么事情就多么简单。可是不可能——她并不急于要死，她的牙齿已经深深地嵌入生命，会死死地咬住不放，而且，假如她从从容容、不慌不忙地去死，假如来参加她的葬礼的是一个十六岁的清高傲慢的姑娘，或者是一个二十岁的完全陌生的女人，那么我又会得到什么呢？事情将会多么简单。"（他思索着，脚步正好停在一家药房灯光通明的橱窗面前）"假如手头有某种毒药的话……毒药当然也不需要多少，假如她喝一杯巧克力饮料就像服了士的宁一样致命！但是投毒的人会在下来的电梯里留下烟灰……此外，纯粹是出于习惯，他们最后还会解剖她的尸体。"而即使理智与良心争先恐后（并且一直在鼓励他）要申明，不管怎么说，就算他找到了一种追查不到痕迹的毒药，他也不是一个会下毒谋杀的人（除非，也许，那毒药的痕迹的的确确是相当地难以追查，而且即使是这个时候——作一个极端的假设——目的也是为了要终止注定要死的妻子的痛苦，不管采取什么手段），他也还是在纵情想象，对一个难以置信的思想作理论上的详细阐述，而在这个时候，他茫然注视的目光正巧落到精包装的药水瓶上，还有一个肝脏的模型，摆放成一圈的肥皂，一个报以微笑的鲜艳的珊瑚红女性头像和一个男性头像非常感激地注视着对方。于是，他眯缝了眼睛，清了清喉咙，并且在犹豫了片刻之后，走进了药房。

等他回到家中，公寓里已经是一片漆黑——她可能已经入睡的希望在他脑海里闪过，但是，呀，她卧室门的下方一个很细的光点像尺一样精确地画出了一条光线。

"骗子……"他心中想道，同时脸狰狞地抽搐了一下。"我们得坚持原来的方案。我要对已故亲人说一声晚安，然后去睡觉。"(明天怎么办？后天怎么办？今后的所有这些日子里怎么办？）

但是，在他关于他的偏头痛的告别演说进行到一半的时候，在她奢华的床头板的旁边，事情突然地、出乎意料地、自动地，发生了急剧的变化，人已经变成了鬼，这样一来，在作案之后，他无比惊讶地发现了奇迹一般消失的高大女人的尸体，两眼紧紧盯住几乎全部掩盖了她的刀疤的波纹腰带。

最近以来她身体感觉相当不错（唯一仍旧折磨着她的毛病就是她老打嗝），但是，他们结婚后的最初几天里，她前一年的冬天里经受的疼痛现在又悄悄地复发了。她不无诗意地说过，这个巨大的、爱发牢骚的器官，仿佛是在不断的溺爱带来的温暖中"像一条老狗一样"打起瞌睡来，但是现在却开始妒忌她的心脏，而不知道她的心脏却是个初来乍到者，"只不过在肩上轻轻地拍过一下罢了"。话虽这么说，她还是在床上躺了整整一个月时间，竖起耳朵来听着肚子里面的骚乱，听着暂时性的抓扒和小心谨慎的啃咬；然后这一切又都平息下去了，她甚至下床来，仔仔细细地翻检她第一个丈夫的信件，把其中有些信件烧毁了，整理了一些很老的小玩意儿——一个小孩用的顶针、她母亲用过的网眼硬币钱包，以及一些别的东西，就像时光本身一样，薄薄的，金光闪闪的，始终在变化。到了圣诞节她又病了，于是，她女儿原先打算的探望也化为泡影。

他无时无刻不在关心她。他嘴上嗯嗯地叫着，一直在安慰她，而她偶尔会一面做着怪相，一面努力向他解释说，这不是因为她而是它（小指头指指她的肚子）的缘故，他们晚上才分开睡，而且这话听起来完全就像她已经有喜了似的（假性的怀孕，怀的是她自己的死亡），但是在这个时候，他还是会让她做出别扭的爱抚动作，只是把仇恨埋在心里。他始终都是平心静气，始终都抑制自己的情绪，保持一开始就采取的心平气和的态度，而她事事都非常感激——他对待她的老式的谦恭有礼的举止，在她看来是让温情具有尊严性质的礼貌称呼，他在迁就她的任性的时候表现的耐心，那台新买的两用收音机，对于她连续两次更换雇用的日夜看护，他表现出毫无怨言的顺从。

假如要处理的是一些琐细的事情，她会允许他离开她的床前，但也不过是在同一个房间的角落里，而假如他要外出办事，他们事先就会共同确定一个准确的离家的时限，而且由于他的工作不要求固定的时间，因此他每一次外出——高高兴兴地，但又是咬牙切齿地——都必须分秒必争。有怒火而不能发作，这使他心里非常痛苦，崩溃的种种情绪的余烬压抑得他喘不过气来，但是他对于设法让她快一点死去的念头又感到厌倦；对于要她早点死的希望已经变得庸俗，因此他现在倒是希望她多活些日子：也许到了明年夏天她可以恢复得相当不错，就可以允许他带着女孩到海边去待些日子。可是他怎样才能为这样的打算作好准备呢？原先他以为，将来的某一个时机，以出差为掩护，兴冲冲地赶往有一座黑色的教堂、河水里倒映着城中的花园的那个城市，是一件轻而易举的事情；可是，有一回他说起，由于运气好的关系，假如他要出差到某地（他说了旁边一个城市的名字），他或许可以去看看她的女儿，但是他的话说出之后，他就感觉到某种模模糊糊的、微小的、几乎是下意识的残余的嫉妒，突然把她至今不复存在的眼睛激活了。他急忙换了一个话题，并且自己安慰自己，认为她显然很快就已经忘记了那愚蠢地冒出来的直觉，因此，重新点燃它当然是没有意义的。

她身体状况时好时坏的规律，在他看来似乎正好象征着她的生命存在的机理；这个规律成了生命自身的规律；就他来说，他已经注意到他的工作、他的眼光的准确性，以及他的钻石琢面的透明度，已经开始受到他的心灵在绝望与希望之间永不停息地动荡的影响，这是未得到满足的欲望的波动，是累积、储存起来的激情给予他的痛苦重负——是他，也只有他，给自己造成的整个野蛮而令人窒息的生存。

有时候他会从一起玩耍的小姑娘身边走过，而且有时候一个漂亮的小姑娘会吸引他注目；但是他的目光所注意的则是慢动作影片毫无感觉的平稳移动，而且他自己也感到非常惊讶他是多么地冷漠，多么地心不在焉，那些来自四面八方的感觉——忧愁，贪婪，温情，疯狂——现在是多么明确地集中在一个人身上，那个完全是无与伦比、无法替代的人，她过去常常在眼前闪现，时而阳光洒满脸庞，时而浓荫笼罩全身。而有时候，在夜晚，一切都悄无声息了——两用收音机放送的声音，浴室里的滴水声，看护小姐穿着白色软底鞋的脚步声，她关门的时候发出的无休止地拖长的声音（比任何砰砰声都难受），茶匙轻轻放下来的声音，药柜的咔嗒声，那个人在远处发出的低沉抑郁的呻吟声——在这一切都寂然无声了，他就会仰躺在那里，回想那唯一的一个人的形象，用八只手缠绕他笑容可掬的受骗者的身躯，然后，这八只手变成了八根触须，吸附在她裸露躯体的各个部位，而最后他会化作一片黑雾，她也在黑暗中消逝了，于是，黑暗四处弥漫，而这黑暗只不过是他寂寞卧室里夜的黑暗。

第二年的春天病情似乎开始恶化；于是请来医生进行会诊，她也被转到医院治疗。到了医院，在手术的前夜，她强忍痛苦，意思非常明白地对他说了遗嘱，律师，他该做的事，万一明天她……她两次硬要他发誓——对，两次——他会将女孩当作自己亲生的一样来对待……而且他会保证做好工作，女孩不会对她死去的母亲怀有敌意。"也许我们还是应该叫她来一下，"他说道，声音比原先想的大多了，"你的意见呢？"但是她已经叮嘱完毕，非常痛苦地紧紧闭上了眼睛；他靠着窗口站了一会儿，叹了一口气，在盖在身上的被子外捏紧的蜡黄拳头上吻了一下，走了。

第二天一早他接到了医院里的一个医生的电话，告诉他说手术刚做完，还说显然手术非常成功，超出了主刀医生的满心期望，不过他又说最好过一天再去探望。

"成功,嗯?非常,嗯?"他语气不连贯地嘟哝着,从一个房间到另一个房间窜过来又窜过去,"那真是太好了……向我们表示祝贺——我们可以康复了,我们面色会红通通的……这算怎么回事?"他突然粗声粗气地叫起来,一边叫一边非常用力地关上卫生间的门,把厨房里的玻璃器皿都震得哗啦啦地响。"我们走着瞧,"他踢开椅子,一边继续说着,"没错,先生……让你们看看什么叫成功!成功,成——功。"他说话的声音仿佛喉咙在抽噎。"真是太好了。我们就这样一起生活,日子红红火火,然后把我们的女儿早早地嫁出去——也不管她是否仍旧有一点脆弱,因为新郎会是一个身强力壮的人,他见她那么脆弱就会强横霸道……够了,我已经受够窝囊气了!要笑话的都已经让人笑话了!在这件事情上我现在也要发言了!我……"——突然之间他恣意发泄的怒气碰巧找到了一个意料之外的目标。

他一动不动地站着,手指头也不再抽搐,两眼抬了一下——于是他咧嘴一笑,从这短暂的麻木中清醒过来。"我已经受够了,"他不断地重复这句话,但是他现在的语气不同,几乎是劝解的口吻。

他立即就了解到他需要的信息：十二点二十三分有一趟非常方便的快车，正好下午四点钟到达。回程的联运列车比较麻烦……他就得雇一辆车，马上离开——到傍晚时分就可以回到这里，就我们两个人，完全不会受到干扰，小家伙会非常疲劳，昏昏欲睡的，快点把衣服脱了，我轻轻地摇着你睡觉——到此为止，就这样舒舒服服地偎依着，谁愿意被判服劳役（不过，有一句话倒要说，现在服劳役比今后惹麻烦要强一些）……静悄悄的，她裸露的锁骨，细细的吊带，身体背后的纽扣，肩胛骨之间的丝一般滑腻的皮肤，她昏昏欲睡的哈欠，她温暖的腋窝，她的两条腿，那柔嫩——我头脑要清醒……虽然，把我妻子的小女带回家，终究作出了决定，那是再自然不过的了——他们在给她的母亲开刀，不是吗？……正常的责任心，正常的父亲的热诚，而且，她母亲不是亲口叫我"照顾这女孩"吗？另一个人静静地躺在医院里的时候，还有什么——我们再说一遍——还有什么比这样做更自然的，假如这里，在我的宝贝不可能打搅任何人的地方……而同时，她就待在身边，可以随叫随到，人们谁都料不到，人们总得为任何意外作些准备。……这不是成功吗？何止是成功——人们身体康复了,脾气也会好起来,而且,假如太太还是要生气,我们会解释的,我们会解释的,我们是要选择最好的方案,也许我们做事欠考虑,我们承认,但我们的心是好的……

他急急忙忙又兴致勃勃地把他床上(在她原来睡的卧室)的床单和被子都换下来;很快地把房间打扫了一下,洗了个澡,取消了一个业务会;辞了清洁工;在他的"单身汉"餐馆囫囵吞枣地吃了一顿快餐;买了一些枣子、火腿、黑麦面包、掼奶油、麝香葡萄——他还有什么忘记买了吗?——然后在他回到家里的时候,又把这些买来的东西分装成一个个小包,还不断地想象她在这里会怎么走,到那边又会怎么坐,两个裸露的纤小手臂轻巧地背在身后,显示出扭曲的身子和一脸的沉默——而就在这个时候,医院来了电话,要求他还是到医院顺便来看一看;在到火车站去的途中他很不情愿地停了一停,得知那个人已经死了。

听到这消息他的心头起初是冒出一股怒火,感到非常失望:这就意味着他的计划落空了,意味着这个夜晚连同它的暖融融和惬意的亲近感都从他的身边被夺走了,而且还意味着她接到电报赶来的时候,很自然是由那个丑女人和那个丑女人的丈夫陪着，他们两个人还会在这里整整住上一个星期。然而，正是这第一个反应的性质，这目光短浅的冲动情绪的势头，制造了一个真空，因为从她的死带来的恼火（因为她的死造成了临时的干扰）立即过渡到感激（对于命运所走的基本路线的感激）是办不到的。与此同时，这个真空将填入初步和阴郁的人性内容。他坐在医院花园的长凳上，情绪逐渐平静下来，思考着处理丧葬事务要准备的种种事情，带着这个时候会有的伤心，回顾了刚才亲眼见到的情景：光亮的额头，半透明的鼻孔，一边是那个像珠子一样的赘疣，硬木的十字架，全都是死亡的饰物。他还对手术治疗表现出非常蔑视的态度，觉得它不值得一提，于是他开始回想她在他的庇护下度过了一段非常美好的时期，是由于一个偶然的机会他给予她真正的幸福，使她毫无生气的生活的最后日子有了光彩，因此，这已经成了一个自然的过渡，并从这一认识出发，过渡到认为聪明的命运之神让他有了令人满意的表现，过渡到他血液的第一次令人愉快的搏动：孤独的狼正准备戴上外婆的睡帽。

　　他等着他们第二天在午餐时分到达。门铃准时地按响了，但是只有已故的那个人的朋友独自一人站在门口（伸出她的瘦骨嶙峋的双手，不正当地捉住了重感冒这一时机，来表达平平淡淡的吊唁）：她的丈夫和"小孤儿"都不能来，因为两个人都得了流感。他的失望也缓解了一点，因为他觉得这样倒好——为什么要让事情搅乱了呢？有关丧葬的种种烦恼事情纠集在一起，而女孩在这样的气氛中到场是会让人感到非常痛苦的，就像当时她来参加婚礼一样，因此，比较合乎情理的做法是，在接下来的几天里，把要办的事情都办完，并且充分作好准备，很快转入一个真正的安全状态。唯一让他感到很恼火的是这个女人说"两个人都"这句话的语气——病是一起生的（仿佛两个病人睡同一张病床），感冒是一起传染的（或许那个土包子跟在她后面爬陡峭的楼梯的时候，爱去摸她暴露的大腿）。

他假装非常吃惊的样子——这是再简单不过了，连杀人凶手都知道的——坐在那里像一个呆头呆脑的鳏夫，他的一双特别粗大的手垂着，在回答她眼泪可以疏通悲伤的郁结的劝说之时，他的嘴唇几乎没有动一下，而且只是眼睛模模糊糊地望着她擤鼻涕（三个人都被感冒拴在一起了——这样倒好一些）。她心不在焉而又狼吞虎咽地吃着火腿的时候，说了"至少可以说她的痛苦也没有挨多久",或者"感谢上帝她自己并不觉得"这样一些话,并且把许多东西都混为一谈,说什么受苦与睡眠都是自然的人的命运,蠕动的爬虫都有善良可爱的小脸,还说最高级的仰面漂浮发生在极乐的最高的地方,在她说出这些话的时候,他差一点回敬她说,死亡,就其本身而言,一直都是而且将永远都是一个下流的白痴,但是他又及时地明白过来,这样一来安慰他的人心中可能会产生令人很不愉快的疑虑,担心他是否有给处于青春期的女孩传授宗教与道德教育的能力。

葬礼上到的人只有很少几个(不过是因某种关系而来的一个旧时的一般朋友,一个金匠,带着妻子一起来的),而后来在回家的车子上一个胖女人(她也出席了他的滑稽的婚礼),富有同情心地,但又是明明白白地(当时他垂着的头随着车子的晃动而上下摇摆)告诉他说,现在,至少,小孩子的不正常的处境应该解决一下了(说这个话的时候,他的已故妻子的朋友假装望着窗外的马路),她说,一个父亲的关怀操劳毫无疑问会给他带来所需要的慰藉,同时第三个女人(死者的一个很远的远房亲戚)插嘴道:"多漂亮的一个姑娘!你要像老鹰一样看住她——照她这个年龄说起来她的模样儿已经要算是大人了,不出三年,男孩子就会像苍蝇一样叮着她,那时候你的麻烦就没完没了啦。"而与此同时,他则像躺在充满幸福的羽绒床上一样,飘飘然了,心里不停地发狂似的大笑。

接到他前一天发的第二个电报("担心身体怎么样吻"——写在电报纸上的这个吻是第一个真正的吻)之后,回电报告消息说他们两人的烧都已经退了,而因感冒而仍旧不停地流鼻涕的朋友在动身回家之前给他看一个小盒子,问他她可否把它带回去给孩子(里面装的是几件母亲的小饰品,从遥远而神圣的过去保存至今),然后她询问接下去他怎么打算,如何安排。到了这个时候,他才开口说话,而且他话说得非常慢,也没有一点表情,说半句就要停一停,仿佛吐一个字就要克服因悲伤而说不出话来的情绪。他向她宣布了下一步的打算,以及他要怎么安排:他先是感谢她这一年里的操劳,然后确切地对她说过两个星期他就来接他的女儿(这是他的原话),要带她到南方去,然后可能再要到国外。"对,这样很好,"她回答道,显得轻松了(这个轻松也是有点折扣,但是,我们但愿这只是因为有一个想法的缘故,觉得她照料这个孩子最近可能发了一笔小小的财)。"去吧,去散散心——要抚慰悲痛最好是出去旅行。"

他要在这两个星期里安排一下他自己的事务，这样他在至少一年的时间里就不必为这些事情操心了；然后他会看情况再作决定。他迫不得已卖掉了他自己收藏的一些东西。在他打点行装的时候，他在抽屉里看到他上次捡来的一枚硬币（不妨在此提一下，这枚硬币原来是假的）。他暗自发笑：这个法宝已经完成使命了。

他跳上火车的时候,后天要去找的那个住址,仍然似乎是酷热雾气笼罩下的海岸线,今后隐姓埋名的那个起始象征。他心里尝试着谋划的唯一的一件事情,就是他们在到闪烁发亮的南方去的途中将在哪里过夜;他发现预先决定今后的住处根本没有必要。地点是无所谓的——它将始终用一个光小脚丫子来装点;目的地是无关紧要的——只要他能够与她一起潜逃到苍天底下。像小提琴的琴马一样的电线杆,飞快地后退,发出嗡嗡的响声。火车车厢里的隔板的震动,就像鼓得满满的船帆,发出呼啦啦的声音。我们将在离得远远的地方生活,到山上去,到海边去,在温室一样的暖和气氛里,像野蛮人一样光着身子将成为自然而然的习惯,绝对不会有别的人(没有仆人!),看不到一个人,唯有我们两个,生活在这永恒的育儿室里,于是,任何残余的羞耻感将遭受最后的一击。这里永远是嬉戏，玩笑，早晨起身时候的亲吻，共眠的一张床上的打闹，一块巨大的海绵把水洒在四个肩膀上，在四条腿之间喷涌出欢声笑语。

他尽情地享受心中的太阳的强光，思索着预先的设想与纯粹的机遇两者给人带来快慰的相似性，思索着正在等待她的伊甸园式的发现，思索着近距离看见不同性别的人体所独具的有趣特点，会给她带来的既特别又自然、又亲切的感觉，而复杂细腻的情感所包含的细微差别，对她来说将在很长时间里仍然只不过是初步的率真爱抚：她的娱乐内容将只有故事书里的生动描绘（可爱的巨人，童话中的森林，装满财宝的麻袋），将只有在她非常好奇地用熟悉而毫不觉得厌烦的手法，在手中抚弄玩具的时候，紧接着会出现的有趣结果。他坚定地认为，只要新奇感仍然占据上风，只要她不去了解周围的情况，那么，借助昵称和玩笑来肯定特定的怪癖在本质上是毫无目的的纯朴表现，就很容易提前分散一个正常的女孩的注意力，使她不进行类比，不去归纳，使她不提出过去曾经在无意中听到的事情，或者做过的一个梦，或者她的第一次月经来潮都有可能促使她提出的那些问题，从而准备实现一个无痛的过渡，从一个由半抽象事物构成而且她可能只有半意识的世界（例如正确说明一个邻居自动地大起来的肚子，或者一个女学生对于女性影迷钟爱的男演员头像的偏爱），从凡是与成年人恋爱多少有些关系的事情，过渡到非常有趣的日常现实，而端庄有礼与道德规范，由于既不了解这个地方所发生的事情，也不了解发生事情的地方，因此是不会来光顾的。

拉起吊桥或许可以作为一个有效的保护措施，直至花季中断，到了茁壮的嫩枝伸到了房间窗口这样的时节。然而，正是因为在头两三年里，受控制的人一点都不会了解她手中的木偶与制作这木偶的大师的渴望之间，以及她口中的洋李与远处洋李树的欣喜若狂之间，在道德上暂时还存在有害的关系，所以，他就必须非常地小心谨慎，随便哪里都不能让她独自一个人乱跑，不能让她频繁地更换住处（理想的住处是与别人家不相通的花园小别墅），必须随时警惕，以免她与别的孩子交上朋友，或者与蔬菜水果店的女人或者打杂的女佣聊天，因为谁知道着魔的幼稚天真的人嘴里什么样的放肆的小精灵不会跳出来——一个陌生人听了之后什么样的怪物不会带去叫智者研究、谈论。然而，你能找什么理由去责备那施行魔法的人呢？

他知道他会在她的身上找到足够的快乐，因而不必仓促地为她解除魔法，不必过分明白地表现出欣喜若狂的情绪去唤醒她对自身的注意，或者在他简朴、禁欲的路途中也不必过分急切地走进一条小小的死胡同。他知道，等到他们相互之间爱抚的演变又登上了一个无形的台阶的时候，他才会试图得到她最严格与最庸俗意义上的童贞。他会抑制自己，等待那个早晨的到来，那时候她一边哈哈地笑着，一边会倾听她自己敏感的反应，然后默默地，什么话也不说，只要求共同去寻找那根隐藏的琴弦。

在他想象今后的岁月的时候，他继续把她看作是一个仍处于青少年时期的人——肉欲的假设即如此。然而，倘若自己从这一假定出发来看问题，他很容易地就明白，即使推定的时间的流逝暂时与他的感情的永久基础相抵触，那相继产生的快乐的逐步增长，也可以确保他与幸福的协定会自然地续签，而且这幸福协定的续签同时还考虑到了有生命力的爱情的适应能力。在这样的幸福的映衬下，不管她到了什么年龄——十七岁、二十岁——她目前的形象始终会透过种种变形而出现，从这一形象内在的源头汲取养料，滋补各种变形明白可见的层次。而正是这一过程将让他，一点也没有丧失，一点也没有减少，欣赏到她每一个清白无瑕的变形阶段。而且，她自己，在她的形象被放大、拉长，变成女人之后，在她的意识中，在她的记忆里，将再也不能随便将自己的成长与他们爱情的成长割断联系，不能随便将她的童年的回忆与她对于男性温存的回忆割断联系。因此，过去、现在，以及未来，对于她来说，就只有一道光，而这光源则像她本人一样，来自他，来自她的胎生的情人。

就这样，他们的生活将继续——一起大笑，一起读书，一起对着萤火虫感叹不已，一起讨论花墙封闭的世界监狱，他会给她讲故事，而她，他的小科蒂丽娅，则竖起耳朵听着，不远处大海就在月光底下呼吸……于是慢慢地，慢慢地，起初全凭着他的嘴唇的敏感，然后认真起来，施展它们的全部力量，越来越深入，只有这样——第一次——深入你的激情勃发的心，就这样，我努力进取，就这样，冲进去，在温柔的边缘之间……

坐在他对面的那个女人不知是什么缘故突然站起身来，到车厢的另一个包厢里去了；他瞥了一眼他那块手表的没有指针的表面——现在已经用不了多少时间了——然后他已经在拾级爬坡,紧贴着一堵白色的墙,墙顶上嵌着一块块耀眼的玻璃碎片,而一群燕子正好从头顶掠过。

此刻他站在已故的那个人的朋友的家门口,听她在解释为什么花园的一角会有一堆灰烬和烧焦的木头,是因为那天夜里失火了;消防队员花了很大力气,还是难于控制熊熊燃烧的大火,他们还踩坏了一棵小苹果树,自然那天夜里谁也睡不着觉。就在这个时候,她走到门口,身上穿一条针织的裙子(这么热的天气!),腰间是锃亮的皮带,脖子上是一条项链,下面穿一双黑色的长袜,可怜的孩子,而这第一眼给他的印象是,她不如以前那么漂亮,还觉得她的鼻子变扁了,她的两条腿变长了。忧伤地,迅速地,只带着对她的戴孝表现出来的深切同情感,他拉过她的肩膀,在她的热烘烘的头发上吻了一下。

"什么都能着火!"她大声说道,一边抬起她的红通通的脸,额头上是树叶摇曳的影子,并且转动着眼珠子,晶莹地折射着阳光和花园,闪烁发亮。

他们跟在大声说话的女主人的身后,一起走进屋子的时候,她非常满足地拉住他的胳膊——而原先举止的自然已经消失了,他此时已经是很不自然地曲起他的胳膊(是他的还是她的?)——而到了客厅的门口,还未进去的时候,他们听见一个人在独自大声说话,接着是开百叶窗的声响,于是他松开了他的手,装出一个无心的爱抚动作(而实际上全部注意力一时间都集中在亲密、坚定的触觉加酒窝上面),拍了一下她的屁股——仿佛是说,去吧,孩子——他坐下来,找到了一个放手杖的地方,然后点了一支烟,一边找烟灰缸,一边回答了一声问话,心中一直都是乐不可支,无比喜悦。

他拒绝了喝茶,说他在车站预订的车子随时都会到,而且他的行李都已经放在车上了(这个细节,正如他梦中所想的那样,有某种意思在里面),还说"我和你要到海边去"——这句话是朝着女孩的方向几乎大声地喊出来的,而那女孩听到声音刚走出半步回过头来,险些儿撞到一个凳子上,不过她便立即重新保持了因年轻而具有的平衡,转过身来,坐在凳子上,她的裙子垂下来,罩住了凳子。

"你说什么?"她问道,一边撩起头发,朝女主人斜看了一眼(凳子已经坏过一回了)。他又说了一遍。他欣喜地挑起眉毛——她从来没有想到过，今天，事情会是这样的。

"我原来还希望，"女主人撒了一个谎，说道，"你会跟我们在这里过一夜呢。"

"哦，不要！"女孩高声说道，一边滑过地板冲到他面前，并且用令人感到意外地快的速度接着说，"你觉得我可以很快学会游泳吗？我的一个朋友告诉我说，你可以的，马上就可以，你着手要做的事是首先学会不害怕，可是那要花一个月的时间……"但是那女人已经在捅她的胳膊肘了，目的是要她快点把已经放在左边衣橱里的那些东西拿出来，和玛丽娅一起整理行囊。

"坦白说我不妒忌你，"孩子跑出去之后她这样说道，并且交出了她对孩子的监护。"最近以来，尤其是得了流感之后，她什么样的脾气都发过了；有一天她还冲着我来了——这个年龄的女孩很难管教。总之一句话，要是你雇一个年纪轻一点的女人来照看她那会好一些，然后到了秋天，替她找一所好一点的天主教寄宿学校。你也看到了，她妈妈的死对她也没有太大的打击——当然，说不定她都在心里克制着呢。我们一起生活的日子结束了，因为……顺便说一下，我还欠着你……不行，不行，那我不会答应，我一定要……哦，他大约要到七点钟才能下班回家——他会感到很遗憾的……生活就是这样，你有什么办法？不管怎样，她在天堂安息了，可怜的人，不过你气色也好一些了。……假如不是因为偶然的机会遇见你……我简直不知道带着别人的孩子这些日子是怎么过来的，而要说孤儿院嘛，那结局你知道会是怎么样的。这就是为什么我老是说——生活你永远别想弄个明白。还记得那天，坐在公园的长凳上——你还记得吗？我从来没有想过她会找第二个丈夫，不过我女人的直觉告诉我，你很想寻找那种庇护所。"

绿荫后面来了一辆车子。我们马上坐进去！熟悉的黑帽子，外套挂在手臂上，一个小手提箱，双手红通通的玛丽娅在一旁递着东西。你在家等着，你会看到我要给你买的东西的。……她一定要坐在司机旁边的位子上，而他也只好同意，藏起了心中的懊恼。我们将再也见不到的那个女人挥动手中的苹果树枝告别。玛丽娅正忙着把鸡往家里赶。我们出发了，我们出发了。

他仰身靠在座位上，手中握着的他的手杖——一件很有价值的古董，粗壮的顶端装饰着一颗珊瑚宝石——夹在两个膝盖之间,两眼透过玻璃隔板,注视着贝雷帽和两个得意的肩膀。六月里这样的天气,是非常热的,一股热浪从车窗外冲进来,不一会儿他就解下领带,松开领子。

一个小时之后,她回过头来看他(她手正指着路边的什么东西,但是,尽管他张嘴别过头去看,但是已经来不及了,他什么也没有看见——不知什么缘故,实际上也没有什么逻辑的联系,他脑海里闪过一个念头,觉得毕竟年龄有将近三十岁的差距)。六点钟的时候他们停下来买冰淇淋吃,那个老是有说不完的话的司机则坐在隔壁桌子喝啤酒,一边与他的客人海阔天空地谈着。

我们继续上路。他望着车窗外的森林,只见一片又一片扑面而来,从一个山腰到另一个山腰,绵延起伏,然后滑下斜坡,倒在大路上,记了数,储存起来。"我们停下来休息一下,怎么样?"他心中纳闷。"我们可以稍微走一走,在青苔上坐下来休息一会儿,与蘑菇和蝴蝶做伴……"可是他终于还是没有叫司机停下来:让一辆很容易引起人们怀疑的车子在公路上无聊地停着,这个想法就有点荒唐。

这时候天暗下来了,他们的车前灯不知不觉之间亮起来。

他们在第一家路边餐馆停下来用餐，那个爱作理性思考的人又在旁边的桌子放松身子坐下来，而且他似乎不太在意他雇他车子的主人面前的牛排和炸土豆丸子，他的眼睛倒是直盯着头发遮住她的脸所展现的侧影，直盯着她的秀丽的面颊……坐了一天的车，吃了油腻的肉食，喝了几口葡萄酒，我的宝贝现在倦了，脸上泛起红云。黑暗中火光通红，不眠之夜也有困倦的人，她的餐巾从她裙子的柔软的凹处滑落下来。……不过现在这一切都是属于我的了……他问店里是否有房间——没有，他们没有房间。

尽管她越来越困乏，她还是坚决不肯把前面的位子换到后面，去靠着身子，舒服地伸开两条腿，因为她说坐在后面她会晕车的。啊，终于，灯火开始怒放，在炎热和黑咕隆咚的空旷里，到处闪烁着，于是他们很快选中了一家旅馆，付了车钱，结束了痛苦的旅途，而这一段经历也就一去不复返了。她跌跌撞撞从车子里爬出来，走到人行道上，睡眼惺忪，感觉麻木地站在那里，眼前是略呈蓝色的恍惚的黑夜，可以闻到烘热的焦味和香气，而两辆、三辆、四辆卡车趁着夜间马路上行人稀少，转过弯道便风驰电掣般冲下坡来，带来一片轰鸣和震动，因为弯道的后面藏着一条汽车发出呜呜的声响,紧张、吃力地爬行的上坡路。

一个腿很短、而头出奇地大的老头,身上的一件背心没有扣——慢吞吞地,懒洋洋地,一条一条地解释,并且仁慈而内疚地说,他是在替店主帮忙,就是他的大儿子,他不得已回去处理家里的事情去了——在一个黑色的本子上找了半天,然后说道,有两个单人床的空房间没有(市里面在举办花展,参观的人很多),不过放有一张双人床的房间倒有,"那也一样,你和你的女儿这样倒更加——""行,行,"旅客打断了他的话,而这时候那个孩子头脑迷迷糊糊的,一个人在一旁站着,不停地眨着眼睛,竭力把她的没精打采的目光盯着一只有叠影的猫。

他们走上楼梯。帮手显而易见都早早地睡了,要不然他们也没有来上班。在这期间,那伛偻着背、不停地呻吟的干瘪老头拿着钥匙一把接一把地在门上开;一个老妇人,一头灰白的鬈发,穿天蓝色的睡衣,脸晒成了像核桃一样的颜色,从隔壁的厕所里出来,用羡慕的眼光打量着这个疲惫、漂亮的女孩,一个温柔的受骗者的顺从姿态。她的肩胛骨靠在墙上,深色的裙子与墙的赭色形成鲜明的对照。她的蓬乱的头略向后仰，并且慢慢地左右摇晃。她的眼皮不停地抽动，仿佛她要把过厚的眼睫毛拆开。"喂，来开门哪，"那老妇人的父亲，一个秃头的先生，也是一位旅客，气呼呼地说道。

"这就是我睡的地方吗？"小女孩冷冷地问道，而当他一边用力地关百叶窗，将眼睛一样的窗缝关紧，一边回答说，对，她看了看手里拿着的帽子，然后又无精打采地将帽子扔到那张宽大的床上。

"没错，"等到那个老头把他们的箱子拖进来随后离开，而且屋子里现在只有他的心在怦怦地跳，只有夜在远处颤动，他说道，"唔，现在该睡觉了。"

她昏昏欲睡的，两条腿也站不稳，结果脚上绊了一下，撞到了扶手椅的一角，而在这个时候，他也同时坐下了，并扶着她的屁股，趁势拉她过来。她挺起身来，像天使一样伸开双臂，一时间全身肌肉都收紧了，并跨出了一小步，然后轻轻地坐到了他的腿上。"我的宝贝，我可怜的小姑娘，"他喃喃地说道，仿佛心中一片迷雾，既有怜惜，又有温情，还有渴望。他看着她的睡眼惺忪，她的恍恍惚惚，她的懒洋洋的笑。他隔着她的深色裙子抚摸她，他透过她裙子的薄呢触摸这孤儿系在光腿上的吊袜带。他在想她的孤立无助，她的无依无靠，她的温情。她两条腿滑了一下分开了，然后身体轻轻的一阵窸窣，两条腿又交叉在一起，而且位置稍高了一点，他喜欢她两条腿的有生命的重量。她慢慢地伸过穿在小巧的袖子里的一条无力的手臂，钩住了他的脖子，将他淹没在她那柔软秀发栗子的烘香里。然而，她的手臂滑下来了，而且她昏昏欲睡的，她的凉鞋踢着了放在扶手椅旁边的包。……一阵隆隆声越来越近，越来越近，然后又在窗外消退了。于是，在寂静中，他听到一只蚊子的嗡嗡，而且不知是什么缘故，这蚊子的嗡嗡勾起了他一闪而过的记忆，是无限遥远的记忆，他儿时很晚才睡觉的时候，一盏慢慢消失的灯，他的很早、很早就去世的同龄姐妹的头发。"我的宝贝，"他又说了一遍，并且用嘴将一缕鬈发拨开，同时手忙脚乱地抱紧她，几乎没有用一点力，就体味了她冰凉的项链旁边丝一般滑腻的烘热的脖子；然后，他捧住她的太阳穴，于是她的眼睛变长了，变细了，在此同时，他开始吻她微张的双唇，吻她的牙齿……她拿轻轻地握着的手指，慢慢擦她的嘴，她的脑袋垂下来倒在他的肩上，而她的眼皮之间只露出一线狭长的、落日余晖般的光彩，因为她这时候是真睡着了。

有人敲门。他突然间惊跳起来（还没有摸清腰带的钩子怎么解，他的手就急忙从她的腰带上缩回来）。"醒醒，下来，"他说道，一边急忙推她。她睁大了茫然的双眼，从他的膝盖骨上滑下来。"进来，"他答应道。

那老头儿朝房间里窥探，并且说请先生到楼下来一下，还说警察局的一个人要找他。

"警察？"他问道，因困惑而表情尴尬。"警察？……可以，你走吧——我马上下来，"他又加了一句，并没有站起来。他点上一支烟，擤了一下鼻子，仔仔细细地重新叠好手绢，眯起两眼望着烟。"听我说，"他出去之前说道，"你的包在那边。我帮你打开，你要什么就拿什么，然后脱了衣服就睡觉。浴室在左边第一个门。"

"警察怎么会来？"他走下灯光昏暗的楼梯的时候心里想道，"他们要做什么？"

"怎么回事？"走到门厅，看到一个已经等得不耐烦的警察，一个黝黑的大个子，但是眼睛和下巴看上去像个呆子，他语气生硬地问道。

"事情嘛，"他得到的是一个反应很快的回答，"就是请你跟我到警察局去走一趟——不远。"

"不管是远还是近，"旅客简短停顿了一下之后说道，"已经过了午夜，我正准备睡觉呢。而且，请你注意，任何结论，尤其是这么重要的一个结论，对于一个并不习惯于仓促地想问题的人来说就像森林里的喊声一样。说得简单明白一点，本来是合乎情理的事就变成荒唐可笑、毫无意义的了。此外，一个旅行者，刚刚来到你们这个好客的小城，而且是第一次来这里，很想知道你们根据什么——也许是一些当地的习惯做法——专挑半夜里请人，因为我不是独自一人，还带着一个旅途劳累的小女孩，这样的邀请更加难以接受。不行，等一等，我话还没有说完……谁听说过司法是先斩后奏的，先执法，再去找执行这条法律的依据？等拿到什么指控，先生们，等哪个人提出一点什么控诉，再来找我！目前我的邻居暂时还没有穿墙侦察的眼力，我的司机也没有审阅我的心灵的本事。总之一句话——也许还是最重要的——请你看一看我的证件。"

现在已经是被说得迷惑不解的呆子看了证件，回过神来，去说服那个倒霉的老头儿。原来那个老头儿不但把两个相似的名字混淆了,而且他们在追查的那个流浪汉什么时候走的,目的地是什么地方都一概说不清楚。

"行了,行了,"旅客心平气和地说道,因为他把因耽误而产生的怨气都已经发泄到他的办事草率的对手身上,而且心里非常明白自己是无懈可击的(感谢命运她当时没有坐汽车的后座;感谢命运他们当时没有到六月的太阳里去采蘑菇——还有,当然,百叶窗是关得紧紧的)。

三步并作两步跑到楼梯顶上,他才知道他没有记着房间的号码,于是他犹豫地停下来,吐出嘴上的烟蒂……然而,由于他的情绪有些急躁,因此他没有跑下楼去询问,而且他还觉得没有必要去问——他想起了走廊里的房间的布局。他找到了那个房间,已经是垂涎欲滴了,抓住门把手就要——

门锁上了;他感到胸口一阵钻心的疼痛。假如是她把自己锁在房间里,那就是说她要把他锁在门外,就是说她已经起疑心了……真不该那样地吻她……一定是把她吓坏了,要不她可能注意到什么了……也许理由更加无聊,更加简单:她天真地认为他到另外一个房间去睡了,她根本就没有想过她会与一个陌生人睡在一个房间里——是的，他现在还是一个陌生人。于是他举起手来敲门，自己一点都没有意识到他是多么地惊慌，多么地恼火。

他听到一阵女人的突兀的笑声，令人难受的床垫弹簧的吱嘎声，然后是光脚的啪嗒啪嗒声。"谁啊？"是一个男人的愤怒的声音……"找错门了，呃？哼，下一回可要找对门。这儿人家在用功，这儿人家在教一个年轻的人哪，这儿人家被你打搅了……"里面又响起了一阵女人的笑声。

一个常见的错误，仅此而已。他继续沿着走廊摸索——这时他突然之间明白了，他走到了反方向的楼梯顶上来了。他从原路往回走，拐了一个角，朝墙上挂着的仪表迷惑地看了一眼，看了看滴着水的水龙头下面的水池，还看了一眼人家放在门口的黄褐色的鞋子，又拐了一个弯——楼梯不见了！最后他找到的楼梯原来不是同一个：他走下楼梯，结果迷失了方向，眼前出现的竟是几间灯光很暗的储藏室，里边堆满了箱子，而角落里还看得见一个柜子，一个吸尘器，一个损坏的凳子，一个床架子，是一片发生了死亡事故的气氛。他低声骂了一句，见了挡在面前的这些东西，他抑制不住心头的怒火。……总算是找到了一扇门，他用力一推，头撞在一个低矮的门楣上，于是他低头走出门去，来到紧挨着光线暗淡的角落的门厅里，那里坐着那个老头儿，只见他一边抓着脸上的胡子楂，一边仔细查阅一个黑色的本子，而在他的旁边，那个警察则坐在凳子上打着呼噜——与一个警卫室的气氛一模一样。询问他所需要的情况是一分钟就能解决的，不过老头儿趁机表示道歉让他又多耽搁了一会儿。

他进了房间。他进了房间，并且首先把钥匙插进锁里转了两下，然后鬼鬼祟祟地俯身张望。然后他看到盥洗盆下有黑色的袜子和吊袜带。然后他看到打开的箱子，表面已经翻乱了，一条格子花纹的毛巾抽出了一半，耳朵一样的一角露在外面。然后他看到扶手椅上堆放着裙子和内衣裤，还有腰带，另一只袜子。这时候他才把目光转向孤岛一样的床上。

她仰身躺在没有展开的毯子上，左臂枕在脑袋下面，身上穿的是小小的浴衣，浴衣下摆敞开——她没有找到她的睡衣——而且，凭借微红的灯罩的光，透过房间里雾蒙蒙的混浊空气，可以看见她纯洁凸出的髋骨之间狭窄下凹的肚子。一辆卡车发出大炮一样的轰隆声从夜的深深的底部爬上来，震响了床头柜大理石面子上的一个玻璃杯，而真叫人觉得奇怪，她的着魔的睡眠平平稳稳，不受一切影响。

明天我们当然要精心安排，从头开始，不过此刻你已经睡着了，你是不相干的，不要干扰大人的事，事情必须这样，今晚是我的，这是我的事情。他脱了衣服，在俘获者的左侧躺下，在她身上轻轻地摇了摇，然后一动也不动，小心地喘着气。啊！他狂热地渴望了整整四分之一世纪的时刻终于来到了，然而，这个时刻却受到他的极乐的影响，甚至因此而失却了热情。她的浅色的浴衣的起伏，与她暴露的身体的美交织在一起，仍然在他的眼前颤动，泛起纵横交错的波纹，仿佛是透过雕花玻璃看见似的。他简直找不到幸福的聚焦点，不知道从哪里着手，不知道什么可以碰，不知道在她睡着的时候该怎么办才能充分享受这一时刻。哦！首先，他小心翼翼地把她手腕上像眼睛一样瞪着他的手表摘下来，然后从她头上伸过手去，把手表放在床头柜上一滴亮晶晶的水与一个空杯子之间。

啊！一幅无价的原作：酣睡少女，油画。她的脸埋在柔软的鬈发之中，发卷有分散的，也有集中在一起的，她的干裂的嘴唇上有着细小的裂纹，几乎不相连的睫毛上方的眼皮有特殊的褶皱，而在灯光照亮的脸颊——她的佛罗伦萨派的线条本身就是微笑——显露的地方，她的脸有一个黄褐色和玫瑰色的色调。睡吧，我的宝贝，不要听我说什么。

他的凝视（一个观察执行情况或者观察深渊底下一个点的人所具有的自觉的凝视）已经在沿着她的身体悄悄地往下移，而且他的左手也开始动起来——然而就在这时他突然一惊，仿佛在他视觉范围的边缘上，有一个人在房间里走动，因为他并没有立即认出大衣橱镜子里的影像（他睡衣上融入阴影里的条纹，木器漆面上模糊的光亮，她粉红的脚踝下面的黑东西）。

最终下定决心之后，他轻柔地抚摸她略微分开、有一点汗津津的、颀长的双腿，但是越往下，就越凉快，越觉得有点粗糙，反之，越往上则越觉得温暖。他怀着非常强烈的喜悦感回想起旱冰鞋，回想起强烈的阳光，回想起栗树，回想起一切——而一边他还在不停地用他的指尖抚摸，不停地颤抖，不停地斜睨圆滚滚的隆起的地方，上面还有一抹新绒，它单独地，但也带着同属一家的相似性，体现了她的双唇和双颊某些特征的集中反映。再往上看去，在一根静脉明显的分叉处，一只蚊子正在叮咬。他嫉妒地将它赶走，而这"嘘"的一声，无意中促成她放下早就妨碍着他的那一只手，于是，他看到了奇怪而且不显眼的小小的乳房，似乎像两个隆起的柔软的肿块，而这时，一块依然孩子气的小小的肌肉暴露了，旁边伸展着牛奶一样白的腋窝的凹处和五六条分叉的丝一般深色的条痕，这里还歪斜地垂下一串细细的金链条（链条的末端可能是一个十字架，也可能是一个小饰物），然后又是衣服——高高举起的手臂上的袖子。

又有一辆卡车疾驰而过，发出轰隆声，震动了整个房间。他暂时停止了从上到下、从下到上的审视，动作僵硬地朝她俯身，不自觉地两眼紧逼，同时他感觉到她少女特有的肌肤的香气与黄褐色头发的香味混合在一起，渗透到他的血液，仿佛身上有东西啃得他痒痒的。我该怎样对待你，我该怎样——

女孩在睡梦中长长地吸了一口气，裹得严严的肚脐像眼睛一样睁开了，然后慢慢地，随着一声呻吟，她吐出气来，而这一口气正是将她先前的熟睡继续下去所必需的。他小心翼翼地从她的脚跟下面抽出被压皱的那顶黑色的帽子，然后又一动不动了，他的太阳穴在颤动，紧张造成的疼痛在冲击他。他不敢去吻那尖尖的乳头，不敢去吻那长着泛黄趾甲的长长的脚趾。

他的目光不管到过哪里，又都回到了同一个绒面革似的裂隙，因为不知怎么的它在他闪耀的目光的注视下似乎已经活起来了。他依然不知道从哪里着手，因为他害怕错失了什么，害怕没有能充分利用她的童话里才有的熟睡。

闷热的空气和他的兴奋情绪越来越难以忍受了。他略微松了松睡衣的腰带，因为腰带紧得嵌进了他的肚皮，而他的两片嘴唇几乎就要接触到她的肋骨下方一个胎记清晰可见的地方的时候，他身上的一根肌腱发出了嘎吱的一声响。……但是他感觉难受，很热，他热血汹涌，要想得到难以得到的东西。然后，他一点点，一点点，施展他的魔法，开始在她的身体上使用他的魔杖，几乎碰到了肌肤，而她的魅力，她离他近得一伸手就能摸到，这个身体赤裸的女孩因为熟睡了才容许他睁大眼睛面对，这一切都使他感到非常地痛苦，因为他仿佛是拿着一根念了咒的尺子，在测量女孩的身体——直到她轻轻地动了一下，转过脸去，同时嘴唇困倦地呃了一声，轻得几乎听不见。一切又都沉寂了，而现在，他可以在她褐色的头发当中看清楚她耳朵绯红的边缘，以及解脱了的手的掌心，那是在原先的位置上所想不到的。向前，再向前。在一闪而过的穿插的意识里，仿佛就在遗忘的边沿上，他瞥见了一瞬即逝的偶然出现的短暂事物——飞驰而过的火车车厢上方的天桥，一扇窗玻璃上的一个气泡，一辆汽车被撞瘪的挡泥板，还有一件东西，不久前在哪里见过的一条格子花纹的毛巾——而与此同时，他屏住呼吸，慢慢地，一点点地，越来越近，越来越近，然后协调他的所有动作，并开始紧贴着她，看看是否正合适……在他身体的一侧床垫的一个弹簧让人担心地下陷；他右手的肘部很小心地发出噼啪的一声响，找到了一个支撑的地方；他的视觉因暗中专注而变得模糊……他感觉到了她的优美匀称的大腿的烘热，他觉得他再也抑制不住自己了，现在什么都不重要，而且，当他的快感在他的毛茸茸的一丛与她的臀部之间达到沸点的时候，他的活力是多么愉快地被解放，并且化为天堂的纯真——而正当他几乎来不及再想，"不，求你，不要拿走！"他发现她已经完全醒了，并且眼睛睁得圆圆地望着他竖起的赤裸。

一时间，在那昏厥的间隙，他也发现在她看来这是怎么样的一回事：极端的丑陋，恐怖的恶行——否则就是她已经知道，或者各种情况都有。她眼睛望着，大声尖叫，可是那魔法师还没有听见她的尖叫；他是被自己的恐怖吓得听不见声音了，他跪起来，死死抓住睡衣的褶边，抓住睡衣的腰带，他要阻止住，他要掩盖起来，他要突然终止斜方向的一阵阵的收缩，如同用敲打代替音乐那样毫无意义，同时毫无意义地排放熔化的蜡，因为已经来不及阻止了，来不及掩盖了。她极迅速地从床上翻身下来，现在她在用尖利的声音大叫，台灯连同红色的灯罩，一齐滚落下来，窗外传来震耳欲聋的轰隆声，震碎了夜，摧毁了夜，毁坏了一切，一切都毁坏了……"你别叫喊，这不是什么坏事，这不过是一种游戏，有时候人们都玩的游戏，你别叫喊，"他祈求道，一个年近半百的人，大汗淋漓，抓过偶然看见的一件雨衣披在身上，浑身哆嗦着要穿上雨衣，但是没有找到袖子。她像电视剧里的小孩子一样，举着曲起的胳膊肘来抵挡，甩掉抓她的手，并且还在毫无意识地喊叫，而这时候有人在墙上敲打，要求保持非常地安静。她挣扎着要逃到外面去，但是房间的门锁着，打不开，他什么也抓不到，抓不到东西，也抓不到人，她变得更加轻巧了，变得像屁股发紫的弃儿一样地滑，还有一张扭曲的婴儿的脸，从门口跑到婴儿床，又从婴儿床爬回来，钻进轰轰烈烈地复活的母亲的肚子里。"我会叫你静下来的！"他大声地说着（伴随着一阵阵的收缩，伴随着排出的最后一滴，伴随着消失）。"好吧，我走，我会让你——"他打开了门，冲出门外，"砰"的一声关上，又从外面锁了门，但是他还在听动静，手中抓着钥匙，光着脚，雨衣里面是冰凉的一摊，他原地站着，渐渐地消停。

但是从近旁的房间里已经出来两个穿睡衣的老妇人；其中一个——身体强壮，像是一个白发的黑人，穿天蓝色的睡裤，说话气喘吁吁、带有遥远的大陆那种断断续续的节奏，让人想起动物保护协会和妇女俱乐部什么的——发出命令（立即，eröffnen[1]，et-tout-de-suite[2]!）并且一把抓住他的手掌，动作敏捷地将他的钥匙打落在地板上。瞬息之间他和她就来了一场顶屁股比赛，但是不管怎么样，比赛结束了；一个个脑袋从四面八方伸出来，不知是什么地方响起了一阵当当的铃声，在一扇门的里面，一个悦耳动听的声音似乎就要讲完幼儿听的故事（牙白先生睡着了，无赖兄弟扛着小红枪），老妇人抢到了钥匙，他伸手就打了她一巴掌，于是，他浑身嗡嗡直响，踩着

---

1 德文，开始。
2 法文，马上。

黏糊糊的楼梯往下跑。从下面朝着他轻快地往上爬的是一个黑头发、留山羊胡子的人，只穿着内裤；他的后面蠕动着一个矮小的婊子。从他们身边冲过去。他们下面是一个穿黄褐色鞋子的幽灵，再往下看，爬上来的是那个弓形腿的老头，后面跟着迫不及待的警察。他冲过去。一群人靠在楼梯的栏杆上一齐摊开手，做出一个像泼水一样的表示邀请的动作，但是他们都被甩掉了，于是他一阵风似的跑到马路上，因为一切都完了，而现在最迫切的是要千方百计、不惜采用一切手段，摆脱现在已经不再需要、现在已经看够了的愚蠢的世界，因为现在已经翻到了这个世界的最后一页，只有一盏孤零零的街灯，以及灯柱底座阴影里伏着的一只猫。他已经把赤脚的感觉看作是已经投身另一个环境，于是他在灰蒙蒙的人行道上奔跑，后面追赶他的是他已经被抛在后面的心发出的啪哒啪哒的脚步声。他对于急流、悬崖、铁轨的迫切需要——不管是什么，只是立即需要——迫使他最后一次寻找他早年经历中的地形。就在他的前方，从一条小马路减速凸面的后面传来了刺耳的轰隆声，在爬上坡之后卡车已经出现在眼前。轰隆声响彻夜空，两个射出淡黄色灯光的椭圆形的灯，照亮了下坡路，卡车就要冲下坡去——就在这时，仿佛这是在舞会上，仿佛那个舞飘起的微波把他推到了舞台的中央，在这越来越近、龇牙咧嘴、轰隆声震天动地的庞然大物下面，他的撞车快狐步舞的舞伴，这个轰隆直响的铁家伙，这个上演肢解的瞬时影院——对了，就是这样，把我拖进去，撕开我脆弱的躯体——我被撞倒了，我被卡车拖着走，遭撞击的脸朝下——喂，我的身体在打转，千万别把我扯得粉碎——你把我撕得粉碎了，别再撕……闪电的之字形绝技，霹雳霎时间的光谱图——生命的影片突然闪现。

关于一本题名《魔法师》的书

德米特里·纳博科夫

以下简短的说明文字可能会引起读者的兴趣，而且或许可以解答一些问题，而且标题的选择也算是认真的，觉得稍微仿效一下父亲《洛丽塔》后记的做法，或许也能告慰他的英灵，不管它是在哪里。

无论是翻译还是解说，我都努力遵循纳博科夫设定的准则：确切，艺术的忠实，不引申，不武断。任何超出我大胆评说范围的猜测都会违背这些准则。

这部译作本身就反映了我忠于弗·纳博科夫的意图，无论是在一般的原文意义上，还是具体的原文意义上。我多年来翻译父亲的作品并且与他共同翻译，这在我身上灌输了他的这些明确的要求。他认为允许背离原文的唯一事例是无法翻译的词语和原作者在译文中对原文本身所作的修改。倘若弗·纳博科夫现在还在世，他就有可能会行使作者的许可权，修改《魔法师》的某些细节；但是，我相信，他会决定让这一简洁和多层意义的典范之作保持不变。少数几个我擅自作了小小的调整的地方正是技巧——如压缩了的涉及小红帽的双关语（第五十五页第十六行；第八十五页第十五行）或者结尾的快速的形象化描述——会让纯粹直译在英语里变得没有意义的地方。另外，偶有几处英文可能显得有一点非正统。但是，在这些地方，俄文原文也是如此。

俄语"沃尔谢卜尼克"（Volshebnik）这个字其他可能的译法是"魔术师"或者"变戏法的人"，但是我尊重纳博科夫很明确的意图，即在这里应该译作"魔法师"。《沃尔谢卜尼克》作于一九三九年十、十一月间。小说署名"弗·西林"，这是弗·纳博科夫从年轻的时候开始用俄文写作用的笔名，这样他的作品不至于与他父亲的著作相混淆，因为他父亲用的是同一个名字。俄语"西林"意思可以是一种猫头鹰，也可以是古代寓言中的一种鸟，但是可能不会像有些人所说与 siren[1] 有关。

---

[1] 俄语"西林"用拉丁字母拼写为"Sirin"，与英语"siren"相近。"siren"为希腊神话里半人半鸟、以美妙歌声诱惑海员让船只沉没的海上女海妖，也有迷人的女人等意思。

原文是由父亲口述、他的第一个读者薇拉·纳博科夫打字的。根据纳博科夫信件记载，不久之后他就把小说给另外四个人看，都是他的文学朋友（参见《作者按语一》）。

在某个时候，很显然，小说打字稿也给巴黎的流亡批评家弗拉基米尔·魏德尔看过。时间不会晚于一九四〇年五月，因为那是我们乘船到纽约去的日子。安德鲁·菲尔德似乎读过看了这篇小说差不多四十年以后已经是老态龙钟的魏德尔去世前写的一篇文章，因此他认为[1]给魏德尔看的小说与《魔法师》有些方面不相同（对于这篇小说，菲尔德至多只有粗略的了解，因为他只看到两页，以及本书开头所载纳博科夫的一个或者两个引述）。

可能那个本子名叫《好色的人》，女孩"不超过十岁"，结尾的场景也没有设在法国的里维埃拉，而是"在瑞士的一家偏僻的小饭店"。菲尔德还给人物加了亚瑟这个名字。这一点他是否也是从魏德尔那里知道的我们并不清楚，但更可能他是从

---

[1] 见《弗·纳博科夫：弗拉基米尔·纳博科夫的艺术与生活》，纽约皇冠出版社，1986年。是我有缘看到清样的一个混杂了敌意、谄媚、暗讽和文字错误的奇怪的大杂烩。——原注

父亲《洛丽塔》后记中的回忆里找到的。我曾经暗示纳博科夫曾把他的人物叫作"亚瑟",或者也许甚至在一个原始草稿里用过这个名字。但是,这个名字出现在如菲尔德借魏德尔之口所说的"已经注明给印刷商的说明"的打字稿上,这是极不可能的。

至于菲尔德列举的三个不同之处,假如他对魏德尔的文章理解是确切的话,那么,魏德尔对于遥远年代发生的事情的记忆也一定是非常模糊了(事实上菲尔德也承认魏德尔"记不清那女孩在故事里是不是有名字")。事实是,从来就没有过一个名叫《好色的人》的本子;实际上,凡是对纳博科夫的语言运用很敏锐的人,都会觉得这样一个书名是非常难以置信的。因此,我会对魏德尔的其他说法的可信度也抱同样的态度。

父亲写作《魔法师》的时候我才五岁,而且在我们巴黎的公寓和里维埃拉的膳宿公寓里,我即使有什么事,也只有破坏性的影响。我记得,父亲慷慨地抽出时间和我一起玩耍的间隙,他有时候会躲进我们很小的公寓的浴室里安安静静地写作,但是也并非如《微暗的火》里的约翰·谢德那样,为了刮胡子,在浴缸上放上一块板。等到我已经明白我的父亲是一个

"作家"之后，我也不知道父亲写了些什么，而且我的父母当然也不会想让我了解《沃尔谢卜尼克》的故事情节（我认为当时我唯一知道的父亲的作品是他翻译的俄文《爱丽丝漫游奇境记》，以及他给我临时编写的小故事和歌谣）。很可能父亲写作《沃尔谢卜尼克》的时候，我已经被匆匆地送往多维尔，与母亲的一个堂妹一起生活，因为人们担心希特勒的炸弹的爆炸声也会在巴黎响起。（炸弹真在巴黎炸响，不过只是在我们出发前往美国之后，但是我觉得，在我们乘坐尚普兰号越过大西洋的时候，真扔在这个城市的几颗炸弹有一颗落到了我们的房子上。我们乘坐的这艘船把我们安全载到目的地，途中只不过因偶尔遇上的一头鲸鱼喷出的水柱而叫手扣扳机的炮手慌乱了一阵，但这艘船把我们安全送达之后也是注定要被炸沉的；我们原先是要乘坐这艘船的下一次航行的，而正是在下一次航行途中，这艘船载满乘客被一艘德国潜艇击沉。）

除了读者已经看到的或现在将可以看到的资料之外，我和母亲都无法再讲述多少关于弗·纳博科夫构思如何形成的情况，而是只能提醒读者注意，不要相信有人提出的言之无物的猜想，尤其是近来提出的猜想。至于小说与《洛丽塔》之间的关系，主题是早就在酝酿当中（正如纳博科夫在《关于一本题名〈洛丽塔〉的书》中所说）直至新小说开始萌芽，颇有点像中断写作的《孑然一身的国王》的情形，以及后来的虽然非常不同却有联系的《微暗的火》。

从最先写于一九五六年的纳博科夫的《洛丽塔》后记可以清楚看出，当时他认为《沃尔谢卜尼克》打字稿不管还有什么样的本子也都已经销毁了，而他对于这个中篇的记忆都已很模糊，一方面是由于时间久远，但主要是由于《洛丽塔》的取代，他把这篇小说看作是"一块废料"而将它舍弃。幸存下来的本子可能在他带着重新产生的热情向普特南公司提议之前不久出现的（参见《作者按语二》）。

我知道有这个作品的存在是很晚的事，而且是相当模糊的，只是到了八十年代初才有机会读到它，因为当时我们的卷帙浩繁的档案资料已经由布莱恩·鲍伊德最终整理完毕（将于一九八八年出版的一部优秀的纳博科夫传记的作者）。《沃尔谢卜尼克》在这个时候才重新露面。父亲在六十年代还查阅过这篇小说，后来又混在一批杂乱物品中，从伊萨卡一个仓库运往瑞士。

我于一九八五年九月完成了小说大约是最后一稿的译文。

关于我要啃这部译起来并不容易的作品的最初动机，我要衷心感谢马休·布鲁科里，因为他认为这部作品印数会很有限，正如纳博科夫原先向当时普特南公司的董事长沃尔特·敏顿所指出的那样。

《魔法师》公开露面时机的选择确实也有它的有趣而有益的巧合事件。一九八五年在巴黎开始了一个很有声势的一人运动，要把三十年代中期一本只有笔名、非常不像纳博科夫风格、题名《可卡因新事》的书，归入弗拉基米尔·纳博科夫的名下。

由于《魔法师》实际上属于重新发现的纳博科夫学的文献资料很有限的领域，因此，它是纳博科夫-西林在他作为一名用母语创作的作家最成熟——并且是最后——岁月创作的有显著独创性的散文非常合适的例子（实际上，他在一九三九年写作《魔法师》之前不久，已经完成了他的第一部重要英语作品《塞巴斯蒂安·奈特的真实生活》，而一九四〇年则是我们移居美国的年份）。

对另一本书的作者身份可能仍然有些疑虑的人来说，将这本书的内容与风格，与《魔法师》迅速作一比较，就足以给这个即将消亡的谣言最后的一击。

不过，扼要介绍一下这件怪事也许是合乎情理的。一九八五年初，巴黎大学文理学院的尼基塔·斯特鲁维教授在巴黎的《俄国基督教运动信使报》上非常坚信地断言，一个名叫"姆·阿格希耶夫"的人所著的《可卡因新事》，三十年代初写于伊斯坦布尔，不久之后在巴黎流亡者评论刊物《数》(*Numbers*) 上发表，实际上是弗拉基米尔·纳博科夫的著作。

为了证实这一论点，斯特鲁维引证《可卡因新事》中的句子，而这些句子，按照他的说法，是"具有纳博科夫典型特点的"。斯特鲁维的肯定说法被伦敦大学朱利安·格拉菲在一九八五年八月九日给（伦敦）《泰晤士报文学增刊》的一封信中引用。他援引斯特鲁维"对于次要主题、结构手法、语义范围［无论是什么范围］，以及《可卡因新事》的比喻手法的详尽分析，并且在反复引述和比较的基础上得出结论，所有这一切都是……在根本上符合纳博科夫风格的"。

此后在欧洲与美国的几家刊物上也发表了其他附和斯特鲁

维的理论的文章。

人们可以在阿格希耶夫的文体里找出无数缺陷——触目惊心的错误形式，例如"zachikhnul"（意即"打了个喷嚏"），或者"ispol 'zovyvat"（意即"加以使用"）——这些对于懂一点俄语的人都是显而易见的。令人惊讶的是像斯特鲁维这样的一个巴黎大学俄国语言文学专门家，或者像格拉菲这样的伦敦大学斯拉夫语言教授，竟然会将没有接受过完整教育的阿格希耶夫的往往是粗俗或错误的语言运用，与纳博科夫的准确缜密的风格加以混淆。正如德米特里·萨维茨基在《俄国思想》（巴黎，一九八五年十一月八日）上发表的驳斥斯特鲁维的文章中所指出的，纳博科夫的俄语具有古典诗歌的无可挑剔的节奏感，而阿格希耶夫的语言是"刻意雕琢的、佶屈聱牙的、不流畅的"。对阿格希耶夫的文体稍加观察，就可排除驳斥斯特鲁维其他论点的必要性。

菲尔德在他的一九八六年出版的书中公开讨论起假设的命题，说什么《可卡因新事》可能是纳博科夫或别的什么人在有意蒙骗。但是他在书的结尾断言，"可以绝对肯定地说……阿格希耶夫的作品与西林的作品之间有某种联系"，因为阿格希耶夫的人物辛那特[1]和纳博科夫《斩首之邀》中的辛辛那特斯的名字有部分的协韵。

辛那特—辛辛那特斯联系的说法与以下方面属同一种学者作风，举例来说，如同菲尔德的关于一桩婚外恋言过其实的哗众取宠之词，关于秘密酗酒的纯粹的谣言，关于父亲之死的无聊猜测，以及关于纳博科夫在给他母亲的信中用"洛丽塔"称呼（在此基础上菲尔德建造了一座典型的用做了记号的卡片搭的房子）。在最后一个例子里他的推理是这样的：父亲由于具有一个谦谦君子的天生的矜持，因此，在菲尔德原形毕露之前父亲给他的信件的抄件中，删去了他习惯使用的对母亲海琳（Hélène）的爱称。我猜想，菲尔德消耗了许多的放大镜之后，在称呼语被截去之后的空白处的边沿，找到了俄语字母 t "尾或帽"的痕迹（附带提一笔，俄语字母的手写体小写字母 t 一般都像罗马字母的小写 m，因此它既没有尾，也没有帽）。由于这个原因，由于缺少的那个字"长约七个字母"，而且还因

---

[1] 见于他原先以冒犯性的"*Zhid*"（《犹太人》）为题发表（在那个长篇之后）的短篇小说《堕落的人们》。顺便在这里提一下，这个标题纳博科夫在一百万年里都不会使用。——原注

为父亲曾对他说过"廖丽娅"（Lyolya）是"海琳"（Hélène）的很普通的俄语昵称，上帝知道还因为其他什么缘故，菲尔德于是得出结论（并非没有表现出一丝他针对个人的粗暴态度）认为这"肯定是，洛丽塔"，而且，很富有特征性地，在他的书中将这一荒唐事情作为既定事实继续援引。

不仅"洛丽塔（Lolita）"只有六个字母；不仅拉丁文派生词在俄语词形变化范围里是难以想象的，因为在俄语里，西班牙语同源词并不享有法语或英语同源词所享有的同样的优待；而且，出于维护隐私的考虑，出于对已故母亲人格的尊重，此处删去的那个字是俄语"radost'"（"高兴"，"亲爱的"）。这是纳博科夫对他母亲的习惯称呼，而且，当然，这一点我们有原信可以证明。而"洛丽塔·黑兹（Lolita Haze）"在父亲小说草稿里起初都叫"胡安尼塔·达克（Juanita Dark）"，后来才改。关于"肯定是，洛丽塔"就说到这里。

让我们把菲尔德扔进他的废墟里，再回到这废料堆的另外一个角落作短暂停留，然后就把阿格希耶夫一事彻底埋葬，因为这件事之所以要在这里提及是因为这个作者的作品与《魔法师》截然不同。

弗兰克·威廉斯最初于一九八五年七月五日在《泰晤士报文学增刊》上发表了关于阿格希耶夫这本书英译本的书评；法国文学记者阿兰·加里克在为《解放报》准备关于这个问题的长篇文章期间风尘仆仆赶往伊斯坦布尔；他们以及其他人关于这个问题的研究证实了以下一连串事件。

《可卡因新事》最初在《数》杂志上发表并在流亡者中间引起一些好奇之后，一个住在巴黎的名叫丽蒂娅·切尔温斯卡娅的俄国女人应邀借助她父母的帮助，追查"阿格希耶夫"，因为她父母正巧居住在伊斯坦布尔，而书稿最初就是从那里寄出的。切尔温斯卡娅找到了他，但他已经因惊厥和颤抖住进了一家精神病医院。阿格希耶夫经这个女人父亲的解救出院，他也就成了这一家人的朋友，并且与切尔温斯卡娅关系变得密切，于是他向她说出了自己的真实姓名——马克·列维——以及他的复杂经历，包括刺杀了一名俄国官员，逃往土耳其，以及吸毒。

列维-阿格希耶夫与切尔温斯卡娅一起到了巴黎，但是他在巴黎逗留了一段日子之后又回到伊斯坦布尔，并且于一九三六年在那里去世，可能是因滥用可卡因之故。

书稿最初在巴黎收到的时候，V.S.扬诺夫斯基就在

《数》杂志社，他现在家住纽约城郊区。他在《纽约时报》（一九八五年十月八日）刊登的采访中证实，寄来要发表的俄文书稿，明白无误签的是犹太人名字"列维"，而后来大家又决定"用一个更加像俄语的名字"来取代。最后，威廉斯提到的于一九八二年出版的法文版译者的调查透露，"一九三六年二月，一个名叫马克·阿卜拉莫维奇·列维的人在伊斯坦布尔的犹太人公墓下葬"。

没有一个文学冒险家能站得住脚，假如他要怀疑《魔法师》的作者身份，而斯特鲁维教授似乎下定决心要坚持他愚昧无知和不切实际的运动，要把阿格希耶夫的作品也归入弗·纳博科夫的名下，然而，虽然纳博科夫给《数》第一期投过一篇短稿，而且是关于一个非常不一样的话题，但是除此之外就没有给这家杂志写过稿，因为在那个短稿之后不久，这家杂志对他进行了粗暴的攻击；纳博科夫也从来没有到过莫斯科，而小说地点是在莫斯科，而且还有相当篇幅的关于莫斯科的细节描写；他从来没有使用过可卡因或别的毒品；而且他与阿格希耶夫不同，是用纯正的、得体的圣彼得堡俄语写作的。此外，假如纳博科夫与《可卡因新事》真有什么关系，那么在他的文学界的朋友中一定会有人约略知道一点,而且假如没有人知道,那么他的妻子,他的第一个读者,帮他打字的薇拉·纳博科夫肯定会知道。

我此刻躲在里面写作的佛罗里达排屋的粉墙——白色的涂料覆盖了表面有意砌得高低不平的那种墙——上面画满了不规则的图案。只要用铅笔在这里画上一笔,那里加上一勾,就可以描出一头逼真的河马,一个严峻的佛兰德斯侧面头像,一个胸部丰满的歌舞演员,或者无数大大小小、形状不一的友善或凶相的怪物。

这些是纳博科夫所擅长的,因为他小的时候就认真考虑过要做一名画家,例如他可以在一个华丽的灯罩上,或者可以在一片用花卉图案不断重复装饰的墙纸上,画出这样的画来。滑稽的面孔,并不存在但貌似逼真的蝴蝶,以及他自己创造的怪诞小生物逐渐在他居住和工作的蒙特勒-王宫饭店客房部宜人的装饰上落脚,而其中有些画至今还幸运地保留着,一方面是因为我们明确关照要保留的,另一方面是由于饭店的清洁工人力有限没有觉察这些画,尽管每天下午他们就像足球队的后防线一样涌向这些房间。有几幅画得尤其好的画，唉，真可惜，早就从父亲每天使用的浴缸旁边的瓷砖上擦去，而父亲每天使用这浴缸还曾让菲尔德显然感到惊愕。

偶然形成的图案这样被突出和重新结合，在更大意义上来说，是纳博科夫创造性综合的一个根本。偶然机会的观察，报纸报道的或者想象的心理异常，经艺术家想象的发挥，随着作品的雏形逐渐地脱离概念，脱离报纸的新闻，或者脱离细胞成倍分裂的沉思，便表现出它自己的和谐的成长。

与纳博科夫其他某些作品一样，《魔法师》是关于疯人的头脑所看到的疯狂的研究。一般的精神异常表现，无论是身体上的还是心理上的，都是滋养纳博科夫艺术想象的各种各样的原材料源泉。小说主人公的犯罪恋童癖——像后来的一部新作和一个不同背景下的亨伯特的犯罪恋童癖；像《绝望》中的赫尔曼的杀人妄想；像仅仅是作为《微暗的火》和其他作品的组成部分的性变态行为；像象棋大师卢仁[1]和音乐家巴赫曼[2]

---

[1] 见《防守》，麦克尔·斯坎莫尔译，纽约，普特南公司版，1964年。——原注
[2] 见短篇小说《巴赫曼》，载短篇小说集《被摧毁的暴君》，德·纳博科夫和弗·纳博科夫合译，纽约，麦格鲁-希尔版，1975年。——原注

的精神失常；像土豆小矮人[1]和"连体怪物"[2]中的连体双胞胎的畸形——就是纳博科夫选择用来创作虚构的重新结合的许多主题之一。纳博科夫在他的一九二五年写的短篇小说《斗》[3]最后一句中写道：

也许至关重要的，根本就不是人的痛苦与喜悦，而是落在活人身体上的影和光的变幻，集合在一起的琐事的和谐……而且是以一种独一无二和无法模仿的方式。

后来成为他美学态度一个永恒方面的这一直截了当与非教条的早年表述，我认为，注定会被经常引用，而且不会始终联系上下文来引用的。

"也许"，纳博科夫引出这一思想的这个词语，是一个重要的修饰语。作为一个从事创作的作家，而非新闻记者，也

---

[1] 见短篇小说集《俄罗斯美女》，德米特里·纳博科夫和西蒙·卡林斯基合译，纽约，麦格鲁—希尔版，1973年。——原注

[2] 见《连体怪物的生活情景》，收入《纳博科夫的"一打"》，纽约加登城，达博迪版，1958年。——原注

[3] 见《纽约客》，德米特里·纳博科夫译，1985年2月18日。——原注

不是社会评论家，或心理分析家，纳博科夫选择通过艺术性的折射镜来研究他周围环境中的现象；同时，与他的鳞翅目昆虫学调查研究的科学纯洁性相比较，他为文学创作准备的手抄本的准确性也毫不逊色。但是，即使他的重点是在于只有一个艺术家才可能沉浸其中的"结合带来的快乐"，也决不能因此就得出结论说，纳博科夫对暴虐、谋杀和猥亵儿童造成的惨状漠不关心；对社会或个人的不公正的悲剧漠不关心；或者对那些不知何故受到命运之神欺骗的人的境遇漠不关心。

要理解这一点也并不是非要认识父亲本人；只要仔细阅读他的书便足以帮助解决这个问题。对于纳博科夫的诗人这一面来说，最好的手段是具体的艺术经历，而不是抽象的宣言。然而，倘若你是要寻找可以援引的信条的只语片言，一九二七年的小说《旅客》[1]中的微型苏格拉底式对话可以让你对他的理想之精髓获得珍贵的一瞥。"生活远比我们富有才能，"第一个人物即作家说道，"我们怎能与那个女神竞争？她的作品是无法

---

1 见短篇小说集《落日详情》，德·纳博科夫和弗·纳博科夫合译，纽约，麦格鲁-希尔版，1976年。——原注

翻译的，无法形容的。"因此，

我们所能做的唯有像影片制作人处理一部著名的长篇小说那样去对待她的创作，将它改得面目全非……目的只有一个，即把一部娱乐影片顺利展现，以惩罚美德开始，以惩罚邪恶告终，……添加一个意想不到而解决一切的大结局……。我们认为生活的表演，幅度太大，太没有规律，而且她的天才太没有条理。为了迁就我们的读者，我们从生活的毫无约束的长篇小说截取简洁的小故事，供小学生使用。关于这一方面，请允许我给你们讲述下面的经历。……

在小说的结尾，他的对话者即聪明的批评家回答道：

生活中有许多的偶然，但也有许多的不寻常。圣子被赐予崇高的权利，增强可能性，从而解释非偶然的晦涩难懂之事。

但是那作家最后的见解表达了两个深入考虑的问题，两个即使不可完全分开也是截然不同的问题——艺术家的好奇和人的同情：

> 问题是，我不了解，也永远不会了解，那旅客为何要哭。

读了《魔法师》前面部分人们怀疑，是否事情不会有好的结果，觉得那个乖戾、无耻的主人公会得到他应有的对待，而假如需要一个平淡无奇的寓意，这个预兆就是我们所需的。然而，除了一半是恐怖小说之外，这篇小说一半还是一个悬案小说：命运在开这个疯人的玩笑，一会儿阻挠，一会儿怂恿，一会儿让他惊险地逃脱；随着事件的明朗，我们虽然还不知道灾难会从哪一个方向降落，但是我们越来越感觉到灾难即将降临。

这个人像别的人一样也是个梦想家，尽管根据这种情况来看他是一个非常堕落的梦想家。然而，尽管他让人厌恶，但是这个故事最尖锐深刻之处是他的——偶尔是客观的——自省的深度。人们甚至可以毫不过分地说，这个故事就在于人物的自省；而且通过这个从根本上说是邪恶的主人公的自省，纳博科夫成功地把同情不仅传达给了受害者，而且在某种程度上也传达给了这个恶棍本人。对于体面的渴望不时地在这个人坚定的悲观怀疑心态里闪现，并且促使他可怜地寻求自我辩解；尽管在他的强制力的作用下界限消失了，但他还是不能逃避短暂的意识，认为自己是一个可怕的怪物。尽管与他结婚的女人可能是他达到罪恶目的的令人反感的手段，而那女孩是他满足欲望的工具，但是，细微的差异也是有的。文字所表达的观点——就像小说许多其他方面一样——有时候可能故意含糊不清，但是，那疯人自己在神志惊人地清醒的时刻，不禁也看到了她们母女俩的可怜的一面。借助倒序的俄语，正是由于他经常想起的厌恶，产生了他对那母亲的怜悯；而且，我们通过他的眼睛看见她身上怀着"她自己的死亡"的时候，令人感动的同情一刻出现了。至于那女孩，他心中有着一小块脆弱、正直的心灵，希望感受给予她的真正的父爱。

尽管这个魔法师是一个罪恶的变戏法的人，但是他也部分地生活在一个着了魔的世界里。不管他是不是一个普通的疯子，他从特殊而诗意的角度把自己看作是一个疯子国王（因为他知道自己不管怎么说就是疯子）——让人产生瞬息即逝的联想，记起其他主题相关而又孤独的纳博科夫式君主的一个国王，而这个国王同时又有几分像好色李尔王的命运，与他的"小科蒂丽娅"一起住在海边童话般的隐居地，而且瞬息之间在他的想象中她便成了一个被天真地热爱着的天真的女儿。但是，与往常一样，父爱又迅速变成了邪恶，他性格的兽性那一面陷入了恋童癖的幻想，并且表现得如此严重，以致一个女乘客不得不从他对面的座位上转移到别的包房里去。

在痛苦的自省的时刻，他认识到了这兽性，并且要将它驱走。贴切而巧妙的比喻反复出现在与动物的对照中——一说到卫生习惯就让人联想起鬣狗；自淫的触须；狼一样的斜睨取代了原先打算的微笑；一想到无助而又在酣睡中的猎物他就垂涎欲滴；狼要吞吃小红帽这整个主旨都具备，外加最后神秘可怕的回声。这隐藏的凶恶的兽性，他身上这令人厌恶的一面，始终必须看作是主人公毫无疑问的自我形象，而在他的理智的时刻，这一点也是魔法师最畏惧的；因此，突然发现自己露出若有所思的微笑的时候，他抱着可悲而又轻浮的希望设想，"只有人才会做到若有所思"，他因此也可能终究还是人。

在故事的两三重形象化描述中，它的层次是非常显著的。诚然，从某种意义上来说，有一些需要小心处理的段落比纳博科夫其他作品里的要露骨。但是，有时候，性的暗流只不过是比喻的隐隐约约的一面，或者一列开向不同目的地的思想列车一时出轨。众所周知，多种层面，多种含义，在纳博科夫的作品中常常出现。然而，他这里踩的是一根很细的钢丝，因此精湛的技巧就在于文字和形象化成分的刻意含糊，但这些成分之和却是一个复杂的、换一种方式就难以确切表达的、而又是完全准确的信息。

有一种类似的模糊手法，其意图和综合也是一个复杂概念的确切表述，它有时候被用来传达同时产生的——并且是相互对立的——在主人公大脑里涌现的思想。作为我说的意思的清晰例子，我要举一段这样的文字，因为乍一看，它的似是而非的矛盾说法让读者和译者同样感到棘手，但是，如果我们在探讨的时候，不是有选择性地把与起初似乎是主线的思路平行的思想轨道上的道岔关闭，那么，我们又会获得大于各个组成部分之和的清晰的整体；这里所要求的接受能力的开放性，尽管在对待更加传统的作品的时候会显得过分，但它与具有敏感听力的人运用到巴赫的对位声部或瓦格纳的主旋律和谐统一上的要求是相似的，或者与一双顽固的眼睛强加给顽固的大脑的要求相类似，因为拥有这样的眼睛和大脑的人面对一个微妙的美术作品的同样的要素，可以同时想象，比如说，一只猴子渴望地望着笼子的外面，和一只浮在水面上的气球，在落日辉映下湛蓝的大海跳动的细浪上，越漂越远。

小说的主人公没有面对讨厌的婚姻责任，而是在夜晚外出游荡。他考虑过各种甩掉刚得到的、现在已经变得多余的配偶，因为她的病是不可能好了，但是只要她活着就会妨碍他接近他所渴望的女孩。他考虑过用毒药，可能走进了药房，也许买了药。回到家里他看到"已故亲人"房门下面的一线光亮，心里说道："骗子……我们得坚持原来的方案。"头脑里同时产生的念头可以罗列如下：

一、他感到失望她没有睡觉。

二、他隐约中把睡觉与死亡等同。

三、我们通过他的眼睛把她看作是"已故亲人"，这意味着他用讽刺挖苦的反应来对待她的

    1. 醒着。

    2. 活着。

四、或者"已故亲人"这个说法表明，在他心目中她已经死亡，或者与死亡相差无几。

五、他现在不是必须让她的毫无吸引力的新娘满意，就是必须找一个貌似真实的借口说声晚安，然后睡觉（即"原来的方案"）。

六、他要接近女孩依然是个问题。

七、说"骗子"是指：

1. 药剂师，但是他没有买他们的药；

2. 药剂师，他们的药他买了但是没有用；

3. 药剂师，他在心神不宁的想象中也用了他们的药，等着这个女人死去，正像我们所看到的，把醒着等同于活着（"药剂师"这个词语应该读作多少让他感到失望的法医学机构）；

4. 良心的责备以及（或者）恐惧，因为这使他抛弃使用毒药以及（或者）通常意义的谋杀的念头；

5. 对于他就是要她死是做得到的想法仍然存一线希望。

八、在一个疯人脑海里的千变万化的念头中，上面所列举的都混杂在一起。

这个人有没有真走进药房？在这篇小说里，也像在其他作品中一样，我作为译者的行为准则不允许我在父亲原文上增添内容，以便让情形在英语里比原来的俄语更加明朗。原文的多种层次、令人满意地简略的形式，也是它的特点的一个不可或缺的部分。假如弗·纳博科夫在这里想要再说得具体一点，那么他在原文里早就这样做了。

时间和地点在故事里是有意不明确的，因为这个故事本质上说来是无时间性的，是没有地域局限的。人们不妨认为，三十年代差不多已经过去了，而正如纳博科夫后来证实[1]的那样，小说发生在巴黎，然后是在前往法国南方的路上。同时小说又到离首都不远的一个小城短暂逗留。文中唯一提到名字的人物[2]是最不重要的人物：一个女仆，是在那个外地小城，她帮着那个苦命的孩子准备行李，并且在载着终于待在一起的主人公和受害人的车子飞快地开走的时候，把鸡往家里赶。

1　参见《作者按语一》。——原注
2　关于纳博科夫后来给予主人公的一个名字，参见《作者按语一》以及九十页第十四行至九十一页第二行。——原注

我将让勤奋好学的人——当中有一些对纳博科夫著作的鉴赏目光非常敏锐的读者——自己去进行确定主题和意义层次并加以引证的复杂工作（直截了当的叙述，难解的比喻，浪漫主义的诗歌，性欲，童话的升华，数学，良心，怜悯，对于捆住双脚悬挂的恐惧），以及寻找与《伊戈尔远征记》[1]或《白鲸》的相似之处。父亲也会提醒弗洛伊德学说的信奉者，千万别得意洋洋，尽管书中寥寥数语提到一个姐姐，在故事的结尾处女孩奇怪地倒退到了婴儿时代，以及一根精致的手杖（它确实明显而有意思地像生殖器，但是从完全不同的角度来看，它在视觉上也让人想起诱人的、"贵重的"物品——另外一个例子是那块罕见的、表面没有指针的手表——纳博科夫在作品里有时候会让他的人物拥有这样的物品）。

另外有一些浓缩的形象化描写和说法也许应该在这里作一解释，因为将它们忽略是很可惜的。这里有几个"特殊"的例子，而且与上面提到的不同，是按照先后次序来讨论的。

---

[1] *The Song of Igor's Campaign*，代表古代俄罗斯文学最高成就的佚名作者的史诗，描写一一八五年诺夫哥罗德-谢维尔斯基王公伊戈尔孤军出征南方的波洛夫人而兵败被俘的悲剧。

"黑的色拉在吞吃一只绿色的兔子"（第七页第十四行）：许多（见下文）视觉变型之一，这种变型一方面给故事蒙上了超现实的、着了魔的气氛，而在另一方面，以最经济和最直截的方式，描述一个人物对于现实的观察是如何暂时被一种存在状态所歪曲（在现在这个例子里，这种存在状态即主人公难以抑制的、遭到阻挠的、几乎不能掩饰的兴奋）。

"日本人的小碎步"（第九页第十六行）：即使不是所有也是许多的读者，在大屏幕，或者小屏幕，或者在歌剧里，或者就在真实的东方，一定都看到过艺伎走路的样子——穿着高跟木屐扭扭捏捏走的小碎步——纳博科夫以此比喻女孩穿着轮子在砾石路上动不起来的旱冰鞋的走路样子。

可能更加令人困惑不解的段落是"奇怪的、不见指甲的手指头"（就画在篱笆上）那一段（第二十七页第五行）。在这里，又是有意的含糊，同时出现的形象和思想，以及多层次的阐释在起着作用。把这一表达方式说得明白一点即：从这个男人大脑的深处出现的"明确的目标"就是通过与女孩的母亲结婚的方式去接近女孩。想象中的篱笆上涂的记号，是旧时指路标志上的食指和爱开玩笑的人乱涂的生殖器的混合，于是手指头的格式化的、没有指甲的形状，在脑海里同时造成了这样的联想，因为这个人的脑子里基本上一心想着堕落的事，但也不能说没有几分自责的客观性。这个模糊的手指头在稍纵即逝的形象里，同时表明（对母亲的）求爱之路，他梦寐以求的女孩的私处，以及主人公自己任何的文饰作用都无法辩解的粗俗。

"袖口链扣"所说的"袖口"（第二十九页第十七行）。其中的含义是明明白白的，即这个可怜的女人还在拼命打牌赌钱。这一双关语间接地反映了俄语原文的书名，因为它最直接的意思是"魔术师"，而这一双关语指的就是变戏法的人的袖子——婚姻的外表装饰——里藏的一张牌加上真实的、活的、可能是深情的丈夫，"活的红心爱司"。这里还有一个相似的、内省的微妙之处：这个滑稽的婚姻给主人公展现的愤世嫉俗的诡计。有洞察力的读者与他一样看得出这里隐含的笑话，尽管，当然，他的未来的新娘是看不出来的。与乱涂的形象一样，这里也有同一种类型的多层意义的压缩。

"罗经花"（第三十六页第十行）：早期意大利航海罗经卡，比今天使用的罗经卡更加格式化，而且也像今天使用的罗经卡仍然标明的一样，都有主方位刻度和分方位刻度（这些刻度同时还确定风向），当时被称为 rosa dei venti，即"风向花"，因为这刻度图看上去像花，同时还因为风向对于航海探险家来说是头等重要的；这一意大利术语一直沿用至今。译文稍有添加（也许只涉及少数读者——那些航海的人和懂意大利语的人），因为这个比喻是指从清洁工打开的窗子四面吹进来的一阵阵的风。

"三十二号"（第三十六页第十一行）：又一个非常巧妙地浓缩的描述，倘若书呆子气地解说一番，就会显得味同嚼蜡。他的激烈的情绪——终于能单独遇见女孩的期待，结果却是清洁工的忙忙碌碌给他带来令人恼羞成怒的意外和失望——使他眼睛湿润而模糊，看到了一个荒唐的日期。月份并不重要。纳博科夫式的幽默是显而易见的，但是字里行间也渗透出对这个不通人性的人的一丝怜悯。

"一只有叠影的猫"（第七十一页第十一行）是一个孩子累得两眼没法聚焦的时候见到的猫。从视觉上来说，这一情况与"三十二号"和"绿色的兔子"相似。

详细解释每一个很难理解的段落当然也是做得到的，但是，这样一来评注的篇幅就会比小说本身更长。这些小小的费解的谜毫无疑问都有一个艺术的目的,但也应该是有趣的。坐在你旁边的读者呼吸着飞机上不卫生的空气,喝了赠送的饮料,总是令人惋惜地选择匆匆地翻阅,就像他读畅销书《洛丽塔》,往往也是这样。

这个故事我所喜欢的地方主要有悬念(现实将如何使梦想落空?)和每一页包含的意外事件的结果;让人毛骨悚然的幽默(怪诞的新婚之夜;隐隐约约有克莱尔·奎尔蒂性格的猜疑的汽车司机;莎士比亚式小丑模样的夜间行李工;主人公慌乱中寻找自己的客房——他会不会像《博物馆之行》[1]里写的那样出现在一个完全不同的城市,他最后又见到的搬行李的老头见面时的反应会不会就像平生第一次遇见一样?);景致的描写(森林从这座山坡到另一座山坡绵延不断,最终都倒在公路上,以及许多其他描述);最初看见的人和事,与他们自己的生活很相似,但是偶然间,或者在关键的时候又重现;夜间传达不祥之兆的大卡车的轰隆声;俄文原文的创造性运用;表现超现实主义结局和疯狂节奏的电影艺术的形象化描述,一种 stretta

---

[1] 见短篇小说集《俄罗斯美女》,德米特里·纳博科夫与西蒙·卡林斯基合译,纽约,麦格鲁—希尔版,1973年。——原注

finale[1]，朝撞车高潮加速。

父亲选择的英译本书名与《洛丽塔》书中的着魔猎人饭店名字相仿当然并非什么秘密。我会让别人再去寻找这一类的复活节彩蛋。不过，寻找的时候你要小心，切不可把表面的相似性的意义夸大。纳博科夫认为《魔法师》是截然不同的作品，仅仅是《洛丽塔》的远房亲戚而已。它可能正如他自己所说包含着后来那部长篇的"最初的轻微的脉动"——而即使是这一论点也可能是值得商榷的，假如你仔细研究他的几部早期作品——但是同时我们也不可忘记，艺术作品大体上都跳动着预示将来的大部作品的最初脉动；我此时就想起多部文学作品，比如乔伊斯的《一个青年艺术家的肖像》。或者，倒过来，也可能会出现后来的缩微版，一部最后的提炼版本，如马斯内[2]的《曼侬肖像》。无论怎么说，《沃尔谢卜尼克》当然不是《洛丽塔的肖像》：两部作品之间的差异大于两部作品的相似。不管后来的长篇是否是作者与英语之间的恋爱，是否是欧洲与美

---

1 意大利语，终曲加快结尾段。
2 Jules Massenet（1842—1912），法国作曲家，代表作有歌剧《曼侬》《维特》等。

国的恋爱，是否对汽车旅馆场景和周围风景怀有敌意，是否是"一部不拘泥于字面意义的《叶甫盖尼·奥涅金》的译本"（所有这些以及许多其他的猜测被非常急切地提出来，但是这些观点的严肃性和可信度却各不相同），但《洛丽塔》毋庸置疑是非常新的、非常不同的艺术激励的产物。

在对待一部复杂的艺术作品的产生的问题上，与其采取愚蠢的态度，倒不如采取善良的态度为好，因此在这一前提之下，我不准备试图评估纳博科夫的刘易斯·卡罗尔研究对于《洛丽塔》的重要性；评估他一九四一年在帕洛阿尔托的观察的重要性；或者评估哈夫洛克·蔼理士[1]关于乌克兰一个恋童癖患者的坦白书的抄本的重要性，该抄本约出版于一九三九年，而坦白书则由唐纳尔德·雷菲尔德（尽管《洛丽塔》一书里有一个难以忘怀的相仿名字的虚构人物小约翰·雷博士，但雷菲尔德却是一个非常真实的英国学者）从法文原文翻译。雷菲尔德结合某些不很有说服力的观点提出，应该通过蔼理士把功劳归于化名的维克多，"因为有了他才有《洛丽塔》的主

---

[1] Havelock Ellis(1858—1939)，英国心理学家、作家，他的《性心理学》一书曾被控为"淫书"。

题和情节,以及纳博科夫最优秀的英语小说中的主人公,亨伯特·亨伯特这个古怪敏感和智力型人物"。他一面承认有《魔法师》这部先前的作品(他把书名直译为《魔术师》),一面又继续猜想,不幸的乌克兰人的坦白书为"《洛丽塔》的中心主题"[1]的产生提供了最终的推动力。这一猜想可能值得加以考虑,倘若没有一些年代上的问题,故必须在此加以指正:到了一九四八年艾德蒙·威尔逊才把蔼理士的抄本寄给纳博科夫,事先纳博科夫并不知道有这个抄本——而《沃尔谢卜尼克》虽然确实包含可以称之为《洛丽塔》"中心主题"(如果几乎没有其他)的内容,但是却成书于一九三九年。

至于《魔法师》的作用,它的偶尔几个想法和生动的描述,在《洛丽塔》中确实有所反映。但是,正如我——以及许多其他的人——过去已经指出的那样,各种主题与细节往往重复出现在纳博科夫的长篇小说、短篇小说、诗歌以及剧本里。在目前这个例子里,相似之处相去较远,而不同之处则是重大

---

[1] 笔者此处所述的细节及引语引自艾德文·麦克唐威尔 1985 年 3 月 15 日《纽约时报》关于格罗夫出版社出版《维克多·某某坦白书》的报告。——原注

的：背景（地理上而尤其是艺术上相去甚远）；人物（偶尔有所反映，但至多是微弱的）；故事的发展与结局（截然不同）。

《洛丽塔》前面有一页中亨伯特瞬息间回想起来，在欧洲一个公园里有一个女孩子，也许可以说这是纳博科夫确认了《魔法师》的小主人公的方式，但是他同时也把她永远归入非常远的远亲范畴。

多洛雷斯·黑兹，如纳博科夫所说，与魔法师的受害者"很像是同一个姑娘"，但也只是在灵感意义上、在理性意义上来说是如此。而在其他的意义上来说，先前的孩子有很大的不同——只有疯人才把她看作是任性的；天真得不可能想出奎尔蒂那样的诡计来；在性的问题上是蒙昧的，在生理上是不成熟的，因此这也许就是魏德尔为什么说她只有十岁的缘故。

穿上懵懂女孩的旱冰鞋，滑入只有永不相交的危险道路的花园，将是一个严重的错误。